KB260572

새로운 일본어학의 세계

-한국어와의 비교 대조를 통해서-

임헌찬

제이앤씨
Publishing Corporation

〈머리말〉

「일본어학」은 현대일본어에 대한 언어학적인 고찰을 총칭하는 용어이다.

일본어는 세계 여러 나라의 언어와 비교해 볼 때, 보편적이고 일반적인 특징을 가진 면도 있지만, 特異하고 独特한 특징을 가진 면도 있는 것이 사실이다. 이러한 현실에 입각해서 일본어가 세계의 언어 속에서 어디에 위치하고 있는지 생각해보고, 일본어의 구조적인 특징을 객관적으로 파악해 보는 것은 매우 중요한 일이라고 생각한다.

일본어는 文法構造와 語順에 있어서 한국어와 매우 유사하다고 한다. 같은 음으로 발음되고 같은 의미로 사용되는 어휘가 상당수 있고, 기본적인 문법구조나 어순이 비슷하다보니, 한국인이 손쉽게 배우고 익힐 수 있는 언어임에는 틀림없다. 그러나 일본어는 음성이나 음운, 문자와 표기에 있어서 한국어와 전혀 다른 방식으로 사용되고 있는 것도 사실이다. 이러한 현대일본어의 특징을 한국어와 비교 대조해 가면서 체계적으로 기술해, 일본어학 전반에 대한 이해와 지식의 폭을 넓히려고 한 것이 本書의 특징이다.

本書는 지금까지의 많은 연구결과와 일본어교육현장에서 얻은 뛰어난 성과를 바탕으로, 일본어에 흥미를 갖고 있는 사람들과 일본어학 분야의 연구자를 지향하는 사람들, 그리고 일본어교육에 종사하는 사람들을 염두 해두고 편집·집필한 것으로, 이들 모두에게 참고서가 되도록 일본어전반에 대한 내용을 알기 쉽게 기술한 책이다. 다시 말해, 本書는 현대일본어 전반에 대한 입문서로서의 기능뿐만 아니라, 교과서나 참고서로서 활용될 수 있도록 가능한 한 많은 내용을 다루고 있고, 일본어의 언어활동을 정확하고 효과적으로 영위하는데 꼭 필요한 지식들을 빠짐없이 수록하도록 노력했다. 또 현대일본어연구를 지향하는 사람이나 일본어교육에 종사하는 사람들에게 실제로 도움이 되도록 현대 일본어를 체계적으로 다루고 있으며, 필요한 지식을 총망라하는데 중점을 두고 집필했다는 점을 강조하고 싶다.

本書는 제1장 世界의 言語와 日本語, 제2장 音声・音韻, 제3장 文字・表記, 제4장 語彙, 제5장 文法, 제6장 日本語史의 6개의 분야로 나누어 개개의 분야의 중요사항과 현대일본어의 특징을 한국어와 비교 대조해가면서 가능한 한 상세히 기술하려고 했다. 특히 일본어문법 분야는 너무 광범위해서 모두를 개론적으로 설명하는 것은 지면상 容易하지 않아, 일본어의 문법적인 특징을 한국어와의 비교대조를 통해 분석해 보았다.

그러나 아직 부족한 곳도 많은 것이 사실이다. 부족한 곳은 앞으로 수정・보완해 나갈 것이다. 本書의 記述방식이나 説明내용, 누락된 사항이나 예문 등에 있어서 개선의 여지가 있으면 助言과 질정(叱正)이 있기를 바란다.

끝으로, 本書의 출판을 흔쾌히 맡아주신 제이앤씨 사장님이하 관계자 여러분들에게 감사의 뜻을 전하고 싶다.

2007년 12월 23일
연구실에서 신어산을 바라보며

〈차 례〉

제3장. 문자 · 표기

제5장. 문법

제 1 장
세계의 언어와 일본어

1. 언어의 사용

우리가 言語를 사용하는 것은, 다른 사람에게 자신이 생각하고 있는 것을 표현하고 싶거나, 상대방에게 뭔가를 해주길 바랄 때 자신의 생각을 전달할 목적을 가지고 말하는 것이다. 그러나 우리가 각종 스포츠를 즐길 때나, 순간적인 잘못 실수로 인해 위급하고 긴급할 때는 자기도 모르게 「어머(나)」「아이고」「좋아」「아하」「으하하」「뭐야」「허허」「아-싸」「야합」 등을 내뱉는다.

이러한 경우는 특별히 상대방에게 전달할 목적으로 사용하는 言語가 아니라, 자기 자신의 순간적인 心的상태나 감정을 여과 없이 표현하고 있는 것이다. 하지만 누군가가 이러한 표현을 사용하는 것을 듣게 된다면, 우리는 금방 사용자의 心的·情緖的상태를 알게 될 것이다. 이같이 생각하면 이러한 표현들도 넓은 의미로 볼 때, 意思전달의 목적을 가지고 있다고 볼 수 있다. 동물들은 울음소리나 몸동작 제스처 등으로 상대에게 危險한 상태를 알리기도 하고, 때론 威脅하기도 하고 求愛하기도 한다. 이 때, 동물들이 표현하는 소리는 사람들의 언어에 비해 단순하고 비교적 짧다고 할 수 있다. 우리가 상대방에게 자신의 意思를 전달하고자 할 때는 동물들과 같이 짧은 단어로 간단하게 표현할 경우도 있지만, 문장이나 문맥을 사용해 길고 복잡하게 표현할 수도 있는 것이다. 이점에서 사람은 동물이 사용하는 언어보다 우수하다고 할 수 있으며, 사용하는 言語의 종류에 따라 서로 다른 特徵과 使用方法의 차이를 보이고 있어 매우 복잡한 樣相을 띠고 있다.

2. 세계의 언어와 일본어의 위치

세계 여러 나라의 言語를 살펴보면, 子音과 母音이 각기 서로 다른 조합을 이루어 音을 형성하고 있으며, 이러한 여러 音이 결합되어 단어가 되고, 단어가 일정한 규칙에 의해 文을 이루고 있다.

地球上에는 수많은 言語(約 3000種 이상)가 서로 다른 構造를 가지고 사용되고 있는데, 이것은 서로 다른 환경에 놓여 있는 人種과 民族이 공존하다 보니 자신들의 意思伝達수단으로서 考案해 낸 방식이 서로 달랐기 때문이다. 서로 다른 言語들은 그들 나름대로 긴 전통과 역사를 가지고 있는데, 세계 각국은 서로 다른 言語를 국가의 公用語로 지정해 놓고 사용하고 있다. 미국이나 캐나다 영국을 포함한 영연방의 나라에서는 英語, 중국은 中国語, 일본은 日本語, 한국과 북한은 韓国語(朝鮮語)가 公用語라 말 할 수 있다. 公用語란 그 나라의 意思伝達의 수단으로서 公認된 국가차원의 언어를 지칭하기 때문에 국가어의 의미를 가지고 있다고 볼 수 있다.

国際化時代에 살고 있는 우리로서는, 국어의 테두리에서는 국제성이 결여되는 만큼, 이러한 세계 여러 나라의 言語와 대등한 관계에서 한국어를 생각해 보고, 外国人이 객관적으로 쉽게 이해하고 공부하고 접근할 수 있도록 서둘러 정비를 해야만 한다. 그래야만 한국어가 英語나 日本語와 어깨를 나란히 할 수 있을 것이다.

그러나, 우리는 아직까지 韓国語·韓国文学·韓国語学이란 用語보다도, 国語·国文学·国語学이란 用語을 공공연하게 사용하고 있다. 이것은 한국어가 内国人을 대상으로 古代부터 中世 近/現代에 이르기 까지 한국어의 변천사에 역점을 두고 연구되고 교육이 이루어 지다보니, 아직도 한국인의 母語라는 국가어의 개념에서 벗어나지 못 하고, 작금의 국제화시대의 요구에 부응하지 못하고 있기 때문이다.

그럼, 세계 여러 나라의 언어와 비교해 볼 때, 韓国語와 日本語는 어떠한 특징을 가지고 있고, 어떠한 위치에 있는지 생각해 보기로 하자.

2-1 유형적분류

言語를 형태적구조의 특징에 의해 類型的으로 분류해 보면, 일본어 와 한국어는 膠着語에 속한다.

(1) 孤立語(isolating language)

語는 단지 실질적인 의미만을 나타내고, 고립적으로 배열되어 있는 語의 文法的機能은 語順에 의해서 나타내는 言語

➡ 中国語, 티벳語, 베트남語 등

　중국어: 我 打 他「wǒ dǎ tā」(내가 그를 친다)
　　　　　他 打 我「tā dǎ wǒ」(그가 나를 친다)

(2) 膠着語(agglutinative language)

実質的인 의미를 나타내는 自立語에 付属語를 첨가하여 문법상의 형식이 제시되는 言語

➡ 日本語, 韓国語, 터키語 등

일본어: 彼女　　　が　　　煙草　　　を　　　吸っ　　　た。
한국어: 그녀　　　가　　　담배　　　를　　　피우　　　었다.
　　　　(자립어)　(부속어)　(자립어)　(부속어)　(자립어)　(부속어)

(3) 屈折語(inflexional language)

語形変化에 의해서 文法관계나 時制, 人称등을 나타내는 言語

➡ 英語, 라틴語, 그리스語, 아라비아語 등

라틴어: [사랑한다]는 「*amāre*」인데, 이 単語는 의미차이에 의해서
　　　　변화한다.
　　　　amō(나는 사랑한다) *amās*(당신은 사랑한다)
　　　　amāmus(우리들은 사랑한다)
　　　　amat(그는 사랑한다) *amātis*(당신들은 사랑한다)
　　　　amant(그들은 사랑한다)
영어: drink(현재형) drank(과거형) drunk(과거분사)
아라비아어: 자음은 같지만, 모음의 차이로 의미차이를 가진다.
　　　　katab(쓰다)　*kutib*(쓰여지다)　*kitaab*(책)

(4) 抱合語(incorporating language)

文을 構成하는 모든 요소가 1語와 같이 밀착된 言語

➡ 에스키모語, 아이누語

에스키모어: *kavfiliorniarumagaluarpunga.*
　　　　(나는 기분 좋게 커피를 만들 생각입니다.)

2-2 계통적분류

日本語는 어디에서 왔는가? 오랜 기간 동안 학자마다 여러 가지 의견을 피력했지만, 크게 3가지로 나뉘어 진다.

(1) 南方아시아 諸言語에 관련시키는 학설
- 티벳, 미얀마語에 관련시키는 説
- 인도남부 타밀語에 관련시키는 説
- 말레이시아, 폴리네시아語에 관련시키는 説

(2) 北方아시아 諸言語에 관련시키는 학설
- 韓国・朝鮮語와 관련시키는 説
- 알타이諸語, 우랄알타이諸語에 관련시키는 説
- 아이누語와의 관계를 주장하는 説

(3) 印欧語와 관련시키는 학설
- 인도, 게르만語에 관련시키는 説
- 유럽諸言語에 관련시키는 説

2-3 어순에 의한 분류

全世界의 言語를 語順으로 분류하면, 크게 3종류로 나눌 수 있다.

(1) 「主語(S)+目的語(O)+動詞(V)」型(약43%)

　➡ 일본어, 한국어, 터키어, 티벳어, 아이누어, 몽골어, 미얀마어 등

　日本語: 子供が漢字を書きます。

　韓国語: 아이가 한자를 씁니다.

　터키어: *Ahmet ev-i ari-yor.* (*Ahmet*이 집을 찾고 있다)

　아이누어: Kamuy umma rayke. (곰이 말을 죽였다)

(2) 「主語(S)+動詞(V)+目的語(O)」型(약37%)

　➡ 영어, 프랑스어, 중국어, 이탈리아어, 필란드어 등

　영어: He plays tennis. (그는 합니다 테니스를)

　프랑스어: *Pierre bat Jean.* (Pierre가 때린다 Jean을)

　이탈리아어: *Marko compra il biglietto.* (Marko는 산다 표를)

(3) 「動詞(V)+主語(S)+目的語(O)」型(약18%)

　➡ 마오리(뉴질랜드)어, 웨일즈(영국남서부)어 등

　마오리어: *Ka patu te tangata i te kuri.*

　　　　　(죽인다 그 사람이 개를)

　웨일즈어: *Fe wnaeth hi win.*

　　　　　(만들었다 그녀가 와인을)

3. 日本語學의 태동과 목적

일본에서도 국어학은 일본인들만이 사용하는 고유언어에 국한 시켜 생각하는 관점이라면, 일본어학은 세계 여러 나라의 언어와 대등하게, 지구인 누구나가 객관적인 관점에서 일본인이 사용하는 언어를 생각해보는 학문이라고 말할 수 있다.

日本語学이란 용어를 사용하게 된 것은, 1980연대부터로 역사적으로 볼 때 비교적 최근이라고 말할 수 있다. 지금 현재까지 発刊을 계속하고 있는 明治書院의 대표적인 잡지『日本語学』이 처음으로 세상에 등장한 것은 1982년 11월이었으며, 그 전까지는『国語学』이라는 학문분야 안에서 특히 現代語文法의 연구자가 중심이 되어 日本語学이라는 명칭을 사용하기 시작했다.

이처럼, 国語学에서 日本語学으로 변신을 꾀하게 된 것은, 1970년대부터 일본어교육의 필요성이 학습자의 수요의 증가와 함께 점차 늘어났기 때문이다. 일본어교육의 발달로 인해 일본어학이라는 명칭이 사용되게 되었는데, 일본어교육을 행하기 위해서는 語의 形態를 중시하고 있는 기존의 학교문법의 한계를 정비해 객관적인 관점에서 학습자들에게 가르칠 필요가 있었고, 외국인 일본어학습자들의 誤用예를 통해 알게 되는 誤用分析은 기존의 国語学의 관점에서 탈피해야만 하는 환경을 조성하게 된 것이다. 즉, 日本語学은 일본어교육을 위해 필요한 교육문법과, 일본어학습자의 오용을 연구하고 분석하는 誤用分析이 절대적으로 필요했기 때문에 눈을 뜨게 된 학문이라 말할 수 있다. 일본어교육은 일본어를 객관적으로 파악할 필요성을 문법연구자들에게 알려주는 계기가 되었고, 일본어교육으로로부터의 자극은 일본어를 하나의 대상언어로서 객관적으로 다루게 되는 풍토를 조성했던 것이다.

일본어교육의 수요가 없어서 日本語学의 중요성이 부각되기 전에는, 生成文法의 창시자인 언어학자 チョムスキー (Noam Chomsky)의 영향을 받아 주로 영어와의 비교분석을 통해 일본어를 재정립하는 연구가 활발히 행해졌다. 久野暲氏의『日本文法研究(1973)』井上和子氏의『変形文法と日本語上・下(1976)』柴谷方良氏의『日本語の分析(1978)』등의 연구가 대표적이라 말할 수 있다.

그 후, 寺村秀夫氏의『日本語のシンタクスと意味Ⅰ(1982) Ⅱ(1984) Ⅲ(1991)』와 佐治圭三氏의『外国人が間違いやすい日本語の表現(1993)』은 외국인 일본어학습자들이 범하는 오용 예의 분석을 통해, 일본어학분야와 일본어교육분야에 많은 도움을 주게 되었다. 이러한 일본어교육으로로부터의 자극은 일본어를 하나의 대상언어로서 취급하는 기폭제가 되었으며, 일본어교육 또한 일본어를 객관적으로 파악하고 분석할 필요성을 문법연구자들에게 알려주는 계기가 되었다.

日本語学은 주로 현대일본어에 국한되어, 語法과 用法 그리고 機能을 체계적으로 설명하고 기술하는 과정에서 전반적인 文法構造를 정비함과 동시에, 새로운 사실을 발견하고 찾아내서 日本語의 특징을 명확하게 하는 것을 주안으로 삼고 있다. 그러기 위해서는 다른 나라 言語와 비교하고 대조할 필요성이 있기 때문에 대조언어학분야의 대조연구가 최근 들어 활발히 행해지고 있는 것이다.

日本語学의 중심과제는 일본어를 객관적 대상으로 그 構造와 機能에 대해서 규칙성을 밝히는 것이므로, 日本語学의 목적은 의식적으로 일본어의 구조와 기능을 생각해 봄으로서 언어에 의한 Communication 메카니즘의 일단을 밝혀가는 것이다.

4. 일본어와 한국어의 특징

4-1 공통점

일본어와 한국어는 膠着語에 속하기 때문에, 語를 구성할 때 中心이 되는 부분에 여러 요소를 부여해 간다. 즉, 実質的인 意味를 나타내는 語에 付属的인 語를 첨가해서 文法上의 形式이 갖추어지는 언어이다.

食べ(る)＋させ＋られ＋はじめた。
먹(다)＋히＋게 뇌기＋시작했다.
聞いて＋みて＋やって＋もらえる？　들어＋줄＋수＋있니?

英語에서의 副詞는 文末에 놓이거나 目的語뒤에 놓이는 것이 보통이지만, 日本語와 韓国語에 있어서의 副詞의 位置는 비교적 자유롭다.

The train is running slowly.
⇨ 電車がゆっくり走っている。 전차가 천천히 달리고 있다.
　　ゆっくり電車が走っている。 천천히 전차가 달리고 있다.
　　電車が走っているゆっくり。 전차가 달리고 있다 천천히.
She speaks Chinese very fluently.
⇨ 彼女は中国語をとても流暢に話す。

그녀는 중국어를 <u>매우 유창하게</u> 말한다.

中国語を彼女は<u>とても流暢に</u>話す。

중국어를 그녀는 <u>매우 유창하게</u> 말한다.

彼女は<u>とても流暢に</u>中国語を話す。

그녀는 <u>매우 유창하게</u> 중국어를 말한다.

<u>とても流暢に</u>彼女は中国語を話す。

<u>매우 유창하게</u> 그녀는 중국어를 말한다.

<u>とても流暢に</u>中国語を彼女は話す。

<u>매우 유창하게</u> 중국어를 그녀는 말한다.

일본어와 한국어는 複文의 경우에도, 主節은 副詞節뒤에 놓이게 된다.

私が学校へ来たとき、彼女はもう学校にいた。

내가 학교에 왔을 때, 그녀는 이미 학교에 와 있었다.

When I <u>got to</u> school, She was already there.

韓日양언어의 助詞는 英語와 달리 名詞 뒤에 놓여져, 後置詞의 형태로 사용된다. 즉, 助詞나 助動詞의 부속어(辞)는 体言이나 用言의 자립어(詞)의 뒤에 붙어서 詞의 기능을 돕는다.

私は <u>妻と</u> <u>飛行機で</u> <u>ソウルへ</u> 行った。

나는 <u>아내와</u> <u>비행기로</u> <u>서울에</u> 갔다.

I went <u>to Seoul</u> <u>by airplane</u> <u>with my wife</u>.

「妻+と : 아내+와 : with + my wife」

「飛行機+で : 비행기+로 : by + airplane」

「ソウル+へ : 서울+에 : to + Seoul」

韓日양언어의 修飾語는 被修飾語 앞에 오며, 主語가 생략되는 경우가 많다. 영어의 경우도 수식어는 피수식어 앞에 온다.

可愛い女の子。 귀여운 여자아이. A lovely girl.

すてきな人。 멋진 사람. A great person.

韓日양언어는 助詞가 대응하는 것이 많고, 漢字語도 共通으로 사용하는 語가 많다.

「が : 이/가」「と : 와/과」「は : 은/는」「を : 을/를」

「地域 : 지역/ちいき」「経済 : 경제/けいざい」

(私は)幸せですよ。(나는) 행복해요. I am happy.

(私は)ビールが好きです。(나는)맥주를 좋아합니다. I like beer.

「成長: 성장/せいちょう」「工業: 공업/こうぎょう」

韓日양언어의 動詞成句는 거의 같은 범위에서 사용되고 있고, 慣用句도 같은 표현 방식을 가지고 있다.

「時間がかかる: 시간이 걸리다」「気にかかる: 마음에 걸리다」

「服がハンガーにかかっている: 옷이 옷걸이에 걸려 있다」

「電話がかかってきた: 전화가 걸려왔다」「罠にかかる: 덫에 걸리다」

「顔が広い: 발이 넓다」「気が強い: 기가 세다」「手をつける: 손을 대다」

「目を引く: 눈길을 끌다」「頭が固い: 머리가 완고하다/융통성이 없다」

「目が離せない: 눈을 뗄 수 없다」「頭が痛い: 머리/골치가 아프다」

擬声語/擬態語도 韓日양언어는 영어와 달리 같은 拍과 리듬을 가지는 語가 많다.

	牛	豚	犬	鶏
日本語:	モーモー	ブーブー	ワンワン	コケコッコー
韓国語:	음메-음메-	꿀-꿀-	멍-멍-	꼬끼오
英 語:	moo-moo	oink-oink	woof-woof	cocka-doodle-doo

이 밖에도, 일본어의 어휘는 1音節「木、手、目」나 2音節「川、足、山」의 語가 많고, 3音節「頭」「桜」이상의 語는 적다. 한국어의 어휘도 1音節「강, 손, 눈」이나 2音節「나무, 다리, 학교」의 語가 많다. 또 韓日양언어는 同音語가 많고, 동사나 형용사등 用言은 語尾活用을 한다.

이처럼 韓日양언어는 공통점이 많아서, 한국인은 初級段階에서 비교적 손쉽게 일본어를 습득하게 된다. 그러나 가볍게 비교대조하는 형태로 사용하게 되면, 한국어식 일본어가 될 가능성이 많기 때문에, 커다란 실수와 문제를 일으킬 우려가 있다.

4-2 차이점

日本語는 영어나 한국어에 비해 音韻組織이 단순하다. 母音이 ア・イ・ウ・エ・オ五種밖에 없어서 자음과 모음이 결합되어 만들어지는 音節구조도 단순하다.

「student」「학생haksaeng」과 같이 1音節 속에서 자음이 겹쳐지는 것이 없고, 자음으로 끝나는 音節이 없다.

固有의 일본어에는 ラ行音이나 濁音으로 시작되는 語가 없었지만, 外来語의 영향으로 등장하기 시작했다. 또, 일본어의 액센트는 音의 強弱이아니라, 音의 高低로 구별하는 특징을 가지고 있다.

일본어는 男性語와 女性語의 차이가 존재하지만, 韓国語는 그 차이가 거의 없다.

「ぼく/おれ/わし」는 男性語,「あたし」는 女性語,
「あんた/おまえ/てめえ」는 모두 男性語로만 사용되고 있다.

한국어는 일본어보다도 会話体와 文書体의 차이가 현저한 言語이다.

「~(誰々)に」: ~에게(文書体), ~한테(会話体)
「~(誰々)と」: ~와/과(文書体), ~하고(会話体)

敬語의 경우, 일본어는 内(우리)와 外(상대방)의 개념으로 상대경어를 사용하고, 한국어는 나이와 직위를 염두 해둔 절대경어를 사용한다.
즉 일본어의 경우 身分의 上下関係는 상대적으로 변하지만, 한국어
는 절대로 바뀌지 않는다.

엄마: はは(内)　　　おかあさん(外)
형/오빠: あに(内)　　おにいさん(外)
아이: こども(内)　　おこさん(外)
할아버지: そふ(内)　　おじいさん(外)

父がこう申しました。 → 아버지가 이렇게 말씀하셨습니다.
　　「お父さんがこうおっしゃいました」의 意味로 표현한다.
私の母が家事をする。 → 우리 어머님께서 집안일을 하신다.
　　「お母様が家事をなさる」의 意味로 표현한다.

家族이나 親族공동체를 우선시했던 朝鮮文化의 영향으로 인해, 한
국어에서는 「우리(われわれ)」라는 개념이 강조되고 있으며, 親族명
칭이 매우 발달하고 있다.

엄마형제 호칭: 姨母, 姨母夫, 外三寸, 外叔母, 姨従四寸, 甥姪
아빠형제 호칭: 姑母, 姑母夫, 四寸, 伯父, 叔父, 堂叔
처가의 호칭: 丈人, 丈母, 妻男, 妻弟, 妻兄
시댁의 호칭: 시아버지, 시어머니, 아주버님, 同棲, 형님, 도련님,
　　　　　　弟嫂, 兄嫂님

《参考文献》

庵 功雄. 2001『新しい日本語学入門』スリーエーネットワーク

日本語教育学会編. 2005『新版日本語教育事典』大修館書店

飛多良文編. 2007『日本語学研究事典』明治書院

林憲燦. 1999『日本語学概論』不二文化社

제**2**장
음성 · 음운

1. 음성

音声은 구체적인 레벨의 音으로써, 「言語音(speech sound)」과 「表情音」으로 크게 分類된다. 이중, 言語音은 子音과 母音의 체계적인 구성으로 표현되고, 表情音은 혀를 차거나 헛기침, 숨소리, 소리의 대소, 抑揚등에 의해 표현된다.

Communication行動속에서 言語音이 知的·論理的인 의미를 전달하고, 表情音이 감정이나 분위기를 나타낸다. 音声은 인간이 자기의 思想이나 感情을 전달할 目的으로, 音声器官에 의해 발하는 音을 말하는데, 音声을 좁게 정의할 때는 言語音을 가리킨다. 言語音은 보편성을 가지는 音色으로, 要素와 要素와의 相違가 明瞭함과 同時에, 전체가 有機的으로 結合해서 기능하는 것이 아니면 안 된다.

音声과 音韻의 差異는, 言語에 사용되는 사람의 소리를 物理的인 현상으로 보면 音声이고, 人間의 知識속에 존재하는 추상적인 観念으로 보면 音韻이 된다. 사람의 실제발음은 애매한 音의 연속체이며, 그것을 음성단위로 분석해 파악할 때는 音韻으로서의 観念에 起因한다. 또 사람은 音声으로 意味를 区別하고 그것을 주고받아 言語에 의한 生活을 하고 있다.

音声을 形成하는 것은, 呼気(내쉬는 숨), 声門, 口腔, 鼻腔, 舌, 歯등이지만, 이들이 복잡하게 얽혀 多様한 音이 만들어진다. 音声의 최소단위는 単音(子音, 母音, 半母音)이며, 音声을 나타내는 音声記号는 [   ]로 나타낸다.

音声은 無限하게 存在하는데, 이러한 音声을 科学的으로 처리하려고 한 結果 「単音」이라고 하는 単位가 設定된다. 単音이란, 音声을 더 이상 分割할수 없는 최소단위를 말한다. 「アサ」의 경우, [a] [s] [a]를 각기 単音이라고 부르며, 하나의 記号가 하나의 単音을 나타낸다.

1-1 모음

母音은 呼気의 通路에 声門이외에 극단적인 좁힘이 없고, 비교적 원활하게 呼気가 口腔을 통과하는 音을 말한다. 日本語로 「ア,イ,ウ, エ,オ」로 부르는 것이 母音[a, i, u, e, o] 인데, 이들 母音의 差異는 입술의 形態(イ는 입술을 평평하게, オ는 입술을 둥그렇게), 입의 열림 정도(ア는 입을 크게 벌림, イ와 ウ는 입을 닫은 형태로 エ와 オ는 입을 반쯤 열은 형태로), 혀의 위치(イ와 エ는 혀가 앞으로, ア와 オ는 혀가 뒤로)에 의해 결정된다. 日本語의 母音을 音素記号/ /와 音声記号[ ]로 나타내면 다음과 같다.

    ア イ ウ エ オ
    /a i u e o/ → 音素記号
    [a i ɯ e o] → 音声記号

영국의 音声学者 Daniel Jones는, 母音을 보다 客観的으로 記述하기 위해 基本母音을 설정했다. 이것은 8母音체계인데 비해, 일본어는 5母音체계를 가지고 있다.

(1) Daniel Jones의 基本母音(8母音体系)과 일본어의 5母音体系

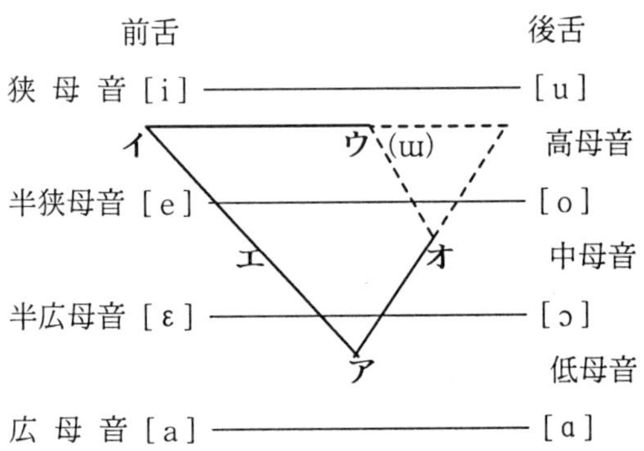

(2) 日本語의 母音生成방식

母音	입술의 形態	혀의 위치	입의 열림 정도	모음의 종류
ア [a] / a /	非円唇	後舌	広母音(크게 벌림)	低母音
イ [i] / i /	非円唇	前舌	狭母音(거의 닫음)	高母音
ウ [ɯ] / u /	非円唇	後舌	狭母音(거의 닫음)	高母音
エ [e] / e /	非円唇	前舌	半狭母音(반쯤 열음)	中母音
オ [o] / o /	円唇	後舌	半狭母音(반쯤 열음)	中母音

(3) 한국어의 9母音体系

	前舌	非前舌	
狭母音	이 [i]	으 [ɯ]	우 [u]
非狭非広母音	에 [e]	[ə]	오 [o]
広母音	애 [ε]	아 [a]	어 [ɔ]
	非円唇		円唇

이처럼, 일본어는 5母音体系인데 비해, 한국어는 9母音体系이기 때문에, 일본어의 모음「ウ · エ · オ」에 대응하는 한국어의 모음은 2개씩이다.

「ウ」: 으 [ɯ] ≧ 우 [u] → 으 [ɯ]에 가깝다.

「エ」: 에 [e] = 애 [ɛ] → 어느 쪽도 대응된다.

「オ」: 오 [o] ≧ 어 [ɔ] → 오 [o]에 가깝다.

1-2 반모음

半母音은 母音적 성질과 子音적 성질을 가지고 있는 音으로, 1拍을 구성하지 않는 모음이다. ヤ行音의 [j]와 ワ行의 [ɯ]가 해당되며, 일명 わたり音이라고도 한다. 日本語의 [ɯ]는 입술을 둥글게 하지 않도록 注意한다.

(1) [j]: / y / 硬口蓋半母音

ヤ [ja], ユ [ju], ヨ[jo]

日本語의 [j]는 혀가 거의 母音[i]에 가까운 位置에 있기 때문에, 마찰이 발생할 정도의 좁힘이 없는 것이 특징이다.

(2) [ɯ]: / w / 両唇軟口蓋半母音

ワ [ɯa], ヰ [ɯi], ヱ [ɯe], ヲ [ɯo]

軟口蓋와 両唇에 의한 二重調音이지만, [w]가 円唇인데 반해 [ɯ]는 非円唇을 나타낸다. 이중에서 ワ[ɰa]만이 남고, 다른 것은 소멸되었다. 그 이유는 日本語의 [ɯ]가 매우 약한 音이기 때문이다. ヲ[ɰo]는 현재도 格助詞 「を」로서 남아 있지만, 그것은 文字만으로 실제의 발음은 [o]이다.

※ 이들 半母音 [j]와 [ɯ]는, 단독으로 音節을 형성하지 못하며, 뒤에 母音을 붙여서 一音으로서 발음한다.

1-3 자음

子音은 呼気의 통로에 여러 가지 장벽을 만들어, 그것을 이용해서 내는 音이다. 調音運動은 子音이 만들어지는 위치와 방법으로 체계화된다.

子音発音에 관계하는 기관 중, 그다지 움직이지 않는 쪽의 윗입술·윗니·치경·경구개·연구개등을 「調音点」이라 하고, 비교적 움직이기 쉬운 쪽의 아래 입술·혀·성문 등을 「調音者」라고 한다. 調音点과 調音者에서 만들어지는 장해의 법칙, 즉 발음의 방식을 「調音法」이라 한다. 調音点과 調音者를 「調音場所」라 하고, 調音法은 「調音方法」이라고도 한다. 調音法에는 파열음(폐쇄음), 마찰음, 파찰음, 비음, 탄음(はじき音)등이 있는데, 破裂音(閉鎖音)은 혀나 입술로 口腔을 閉鎖해 呼気圧을 높여서 한번에 開放할 때 나오고, 摩擦音은 좁은 틈을 만들어

呼気를 무리하게 통과시킬 때 나온다. 破擦音은 파열 뒤에 짧은 마찰이 행해지고, 鼻音은 목젖을 내려 폐쇄하면서 코에 호흡을 불어넣어 만들다. 弾音(はじき音)은 혀를 튕기는 듯한 움직임으로 気流를 휘저어 만든다. 調音方法에 따라 일본어자음을 분류하면 다음과 같다.

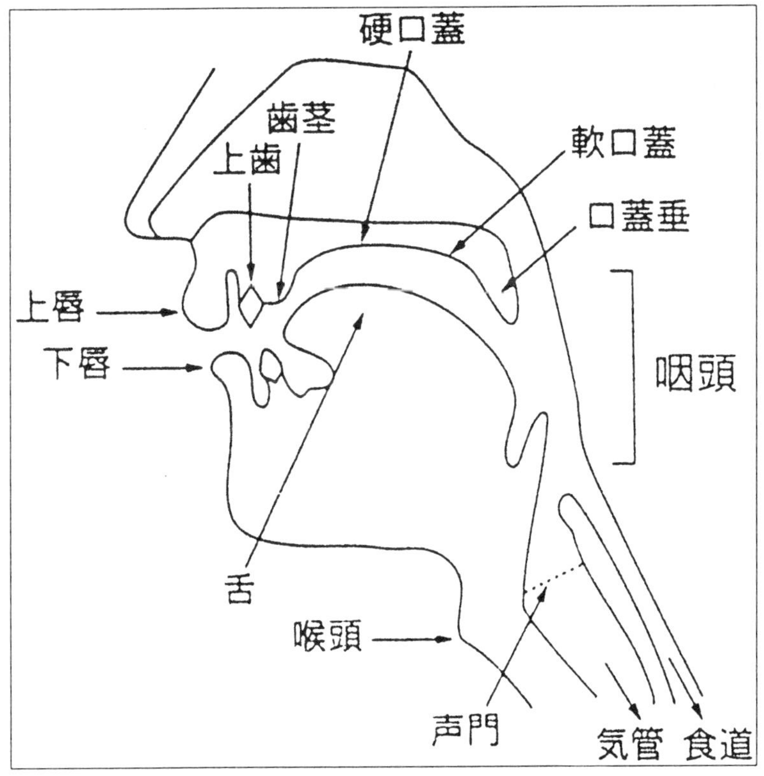

<발음기관의 명칭>

(1) 破裂音(閉鎖音): 일단 멈춘 숨을 한 번에 내보낼 때 소리 나는
音이다.

　[p] : 無声 両唇 破裂音 　⇨ 　パ行 子音
　　　たんぽぽ [tanpopo] 　　かんぱい[kanpai]乾杯

　[b] : 有声 両唇 破裂音 　⇨ 　バ行 子音
　　　ばら [bara] 　　ぼうし[bouʃi]帽子

　[t] : 無声 歯茎 破裂音 　⇨ 　タ, テ, ト의 子音
　　　たけ [take] 竹 　　とけい[tokei]時計

　[d] : 有声 歯茎 破裂音 　⇨ 　ダ, デ, ド의 子音
　　　でんわ [denɰa] 電話 　だいがく[daiŋakɯ]大学

　[k] : 無声 軟口蓋 破裂音 ⇨ 　カ行 子音
　　　かお[kao]顔 　　くき[kɯki]茎

　[g] : 有声 軟口蓋 破裂音 ⇨ 　ガ行 子音
　　　がか[gaka]画家 　　ぐんじん[gɯnzin]軍人

　[ʔ] : 無声 声門 破裂音 　⇨ 　声門을 閉鎖하는 音

(2) 摩擦音: 좁아진 부분을 숨이 통과할 때 나는 音이다.
　　　ハ行과 サ行에 나타난다.

　[ɸ] : 無声 両唇 摩擦音 　⇨ 　フ의 子音
　　　ふね[ɸune]船 　　ふくおか[ɸukɯoka]福岡

　[s] : 無声 歯茎 摩擦音 　⇨ 　サ, ス, セ, ソ의 子音
　　　さけ [sake] 酒 　　すし [sɯʃi] 寿司

せき [seki] 席　　　　　　　そこ [soko]

[z] : 有声 歯茎 摩擦音　⇨　ザ, ズ, ゼ, ゾ의 子音

みず [mizɯ] 水　　　　　　かぜ [kaze] 風

[ç] : 無声 硬口蓋 摩擦音　⇨　ヒ의 子音

ひと [çito] 人　　　　　　ひる [çirɯ] 昼

[h] : 無声 声門 摩擦音　⇨　ハ, ヘ, ホ의 子音

はな [hana] 花　　　　　　ほし [hoʃi] 星

[ɦ] : 有声 声門 摩擦音　⇨　[h]의 有声音

ごはん [goɦaɴ] ご飯

[ʃ] : 無声 歯茎 硬口蓋 摩擦音　⇨　シ의 子音

しか [ʃika] 鹿　　　　　　した [ʃita] 舌

[ʒ] : 有声 歯茎 硬口蓋 摩擦音　⇨　ジ의 子音

もじ [moʒi] 文字　　　　じしん [ʒisiɴ] 地震

(3) 破擦音: 파열음과 마찰음이 섞인 音이다.

[ʦ] : 無声 歯茎 破擦音　⇨　ツ의 子音

つき [ʦɯki] 月　　　　せいかつ [seikaʦɯ] 生活

[ʣ] : 有声 歯茎 破擦音　⇨　ヅ, ズ의 子音

づけ [ʣɯke] 漬け　　ずいひつ [ʣɯiçiʦɯ] 随筆

[ʧ] : 無声 歯茎 硬口蓋 破擦音　⇨　チ의 子音

いち [iʧi] 位置

ちかてつ [ʧikateʦɯ] 地下鉄

[ʤ] : 有声 歯茎 硬口蓋 破擦音 ⇨ ヂ, ジ의 子音

じしょ [ʤiʃo] 辞書

はなぢ [hanaʤi] 鼻血

(4) 鼻音: 비공으로 숨이 나와 내는 音이다.

[m] : 有声 両唇 鼻音　⇨　マ行의 子音

みみ [mimi] 耳　　　むし [muʃi] 虫

[n] : 有声 歯茎 鼻音　⇨　ナ行의 子音

にく [nikɯ] 肉　　　ねこ [neko] 猫

[ɲ] : 有声 硬口蓋 鼻音　⇨　ニャ, ニュ, ニョ의 子音

にゅうがく [ɲjugakɯ] 入学

こんにゃく [konɲjakɯ]

[ŋ] : 有声 軟口蓋 鼻音　⇨　ガ行鼻濁音의 子音

すがた [suŋata] 姿

だいがくせい [daiŋakɯsei] 大学生

[N] : 有声 口蓋垂 鼻音　⇨　撥音「ン」의 [N]

にほん [nihoN] 日本　　まんいん [maNiN] 満員

(5) 弾音(はじき音): 혀끝으로 가볍게 튕기며 내는 音이다.

[ɾ] : 有声 歯茎 弾音(はじき音)　⇨　ラ行의 [r][l]子音

ラ[la]　リ[ri]　ル[ru]　レ[le][re]　ロ[lo][ro]

りえき [ɾieki] 利益　　　　れきし [ɾekiʃi] 歴史

1-4 조음위치와 조음법에 의한 일본어자음과 한국어자음

(1) 国際音声学字母表에 입각한 日本語의 標準的子音

調音方法 \ 調音場所		両唇音	歯茎音	歯茎硬口蓋音	硬口蓋音	軟口蓋音	声門音	口蓋垂音
破裂音	無声音	p ぱ		t た		k か	?	
	有声音	b ば		d だ		g が		
鼻音	有声音	m ま	n な	ɲ に		ŋ が		ɴ ん
摩擦音	無声音	ɸ ふ	s さ	ʃ し	ç ひ		h は	
	有声音	w わ	z ざ	ʒ じ	j や		ɦ	
破擦音	無声音		ts つ	tʃ ち				
	有声音		dz ず	dʒ じ				
弾音	有声音		ɾ ら					

(2) 国際音声学字母表에 입각한 韓国語의 標準的子音

調音方法 \ 調音場所		両唇音	歯茎音	硬口蓋音	軟口蓋音	声門音
破裂音	無声音	p ㅍ	t ㅌ	c ㅊ	k ㅋ	?
	有声音	b ㅂ	d ㄷ	ɟ ㅈ	g ㄱ	
鼻音	有声音	m ㅁ	n ㄴ	ŋ ㅇ		
摩擦音	無声音	ß ㅃ	ð ㄸ s ㅅ	ç ㅉ	ɣ ㄲ	h ㅎ
流音	有声音		r ㄹ			

한국어자음은 일본어자음의 有声音과 無声音의 대립과는 크게 다
르기 때문에, 韓国語話者는 일본어의 有声音과 無声音의 구별을 어

려워한다.

또, 한국어자음은 일본어자음과 달리 「平音(無気音 ; b d ɟ g)」
「激音(有気音 ; p t c k)」「濃音(喉頭化音 ; ß ð ç ɣ)」의 구별이
있고, 특히 「濃音(喉頭化音 ; ß ð ç ɣ)」은 語頭와 語中을 가리지
않고 거의 완전한 無声無気音이라는 특징을 가지고 있다.

1-5 특수음소

音素(phoneme)란 意味를 변별하는 최소단위를 말하며, 音素記号
는 //로 나타낸다. 日本語의 音素중 促音・撥音・長音을 特殊音素
라고 하는데, 그 理由는 이들이 音의 단위로서 독립성이 없고, 促音과
撥音은 音의 성질상 子音인데도 불구하고, 音声의 機能으로 볼 때
音節과 같은 単位 즉 拍을 구성하기 때문이다.

(1) 促音 / Q /: つまる音으로서 「ッ」로 表記된다.
　　1) [p] : [p] 앞에
　　2) [t] : [t] [ts] [tʃ] 앞에
　　　　一体 [ittai]　　一通 [ittsɯɯ]　　一着 [ittʃakɯ]
　　3) [k] : [k] 앞에
　　　　一句 [ikkɯ]　　発火 [hakka]　　一回 [ikkai]
　　4) [s] : [s] 앞에
　　　　一足 [issokɯ]　　サッソク [sassokɯ]　　一切 [issai]

5) [ʃ] : [ʃ] 앞에

　一緒 [iʃʃo]　　一生 [iʃʃoː]　　雑誌 [zaʃʃi]

위와 같이 /Q/의 구체적인 音声은 모두 相補分布를 나타내는 条件
異音이다.

(2) 撥音 /N/: はねる音으로서 「ン」로 表記된다.

鼻音이며, 拍을 構成하고, 語頭에는 나타나지 않는다.

1) [m] : [p] [b] [m] 앞에

　　漢方 [kampoː]　　幹部 [kambɯ]　　秋刀魚 [samma]

　　ポンプ [pompɯ]　　看板 [kambaɴ]　　専門 [semmoɴ]

2) [n] : [t] [d] [s] [z] [ʃ] [ɾ] [n] 앞에

　　反対 [hantai]　　本棚 [hondana]　　案内 [annai]

　　完成 [kansei]　　完全 [kanzeɴ]　　権利 [kenri]

　　関心 [kanʃiɴ]

3) [ŋ] : [k] [g] [ŋ] 앞에

　　銀行 [giŋkoː]　　音楽 [oŋgakɯ]

　　関係 [kaŋkei]　　歓迎 [kaŋŋei]

4) [ɴ] : 閉鎖의 鼻音이나 語末에

　　本 [hoɴ]　　パン [paɴ]

5) [ɲ] : [ɲ] 앞에

　　般若 [haɲɲa]　　犯人 [haɲɲiɴ]

위와 같이 /N/의 구체적인 音声은 모두 相補分布를 나타내는 条件異音이다.

(3) 長音(引く音) /R/

같은 母音을 연속해서 발음할 경우, 뒤의 모음이 長音에 해당한다. 즉,「ア－」「イ－」「ウ－」「エ－」「オ－」와 같은「－」部分을 長音이라고 한다.

    おじさん : おじいさん　→　おじーさん
    おばさん : おばあさん　→　おばーさん
    東京 : とうきょう　→　とーきょー
    経営 : けいえい　→　けーえー

日本語에서는 長音의 有無가 의미를 결정하는데 있어 커다란 역할을 하므로 注意를 要한다. 英語에서는 의미를 구별하기 위해서 母音의 길이를 조정하는 습관이 없기 때문에 英語系의 사람들은 이 長音 발음을 어려워한다.

1-6 일본어의 음소체계

이와 같은 分析過程을 거쳐, 日本語의 音声에는 24個의 音素가 抽出된다. 이것은 다른 言語와 비교해 볼 때 매우 적은 숫자이다.

母音音素: 5個 / a, i, u, e, o /

子音音素: 14個 / p, b, t, d, c, k, g, m, n, ŋ, r, h, s, z /

半母音音素: 2個 / y, w /

特殊音素: 3個 / N /(撥音) / Q /(促音) / R /(長音)

▶ 小泉保(1993)이 제시한 일본어 五十音図의 음성과 음소체계

ア	イ	ウ	エ	オ	ヤ	ユ	ヨ
[a]	[i]	[ɯ]	[e]	[o]	[ja]	[jɯ]	[jo]
/a/	/i/	/u/	/e/	/o/	/ya/	/yu/	/yo/
カ	キ	ク	ケ	コ	キャ	キュ	キョ
[ka]	[ki]	[kɯ]	[ke]	[ko]	[kja]	[kjɯ]	[kjo]
/ka/	/ki/	/ku/	/ke/	/ko/	/kya/	/kyu/	/kyo/
サ	シ	ス	セ	ソ	シャ	シュ	ショ
[sa]	[ʃi]	[sɯ]	[se]	[so]	[ʃa]	[ʃɯ]	[ʃo]
/sa/	/si/	/su/	/se/	/so/	/sya/	/syu/	/syo/
タ	チ	ツ	テ	ト	チャ	チュ	チョ
[ta]	[tʃi]	[tsɯ]	[te]	[to]	[tʃa]	[tʃɯ]	[tʃo]
/ta/	/ti/	/tu/	/te/	/to/	/tya/	/tyu/	/tyo/
ナ	ニ	ヌ	ネ	ノ	ニャ	ニュ	ニョ
[na]	[ɲi]	[nɯ]	[ne]	[no]	[ɲa]	[ɲɯ]	[ɲo]
/na/	/ni/	/nu/	/ne/	/no/	/nya/	/nyu/	/nyo/
ハ	ヒ	フ	ヘ	ホ	ヒャ	ヒュ	ヒョ
[ha]	[çi]	[ɸɯ]	[he]	[ho]	[çja]	[çjɯ]	[çjo]
/ha/	/hi/	/hu/	/he/	/ho/	/hya/	/hyu/	/hyo/
マ	ミ	ム	メ	モ	ミャ	ミュ	ミョ
[ma]	[mi]	[mɯ]	[me]	[mo]	[mja]	[mjɯ]	[mjo]
/ma/	/mi/	/mu/	/me/	/mo/	/mya/	/myu/	/myo/
ラ	リ	ル	レ	ロ	リャ	リュ	リョ
[ɾa]	[ɾi]	[ɾɯ]	[ɾe]	[ɾo]	[ɾja]	[ɾjɯ]	[ɾjo]
/ra/	/ri/	/ru/	/re/	/ro/	/rya/	/ryu/	/ryo/
ガ	ギ	グ	ゲ	ゴ	ギャ	ギュ	ギョ
[ga]	[gi]	[gɯ]	[ge]	[go]	[gja]	[gjɯ]	[gjo]
[ŋa]	[ŋi]	[ŋɯ]	[ŋe]	[ŋo]	[ŋja]	[ŋjɯ]	[ŋjo]
/ga/	/gi/	/gu/	/ge/	/go/	/gya/	/gyu/	/gyo/
ダ			デ	ド			
[da]			[de]	[do]			
/da/			/de/	/do/			
ザ	ジ	ズ	ゼ	ゾ	ジャ	ジュ	ジョ
[dza]	[dʒi]	[dzɯ]	[dze]	[dzo]	[dʒa]	[dʒɯ]	[dʒo]
/za/	/zi/	/zu/	/ze/	/zo/	/zya/	/zyu/	/zyo/
パ	ピ	プ	ペ	ポ	ピャ	ピュ	ピョ
[pa]	[pi]	[pɯ]	[pe]	[po]	[pja]	[pjɯ]	[pjo]
/pa/	/pi/	/pu/	/pe/	/po/	/pya/	/pyu/	/pyo/
バ	ビ	ブ	ベ	ボ	ビャ	ビュ	ビョ
[ba]	[bi]	[bɯ]	[be]	[bo]	[bja]	[bjɯ]	[bjo]
/ba/	/bi/	/bu/	/be/	/bo/	/bya/	/byu/	/byo/
ワ	ン	ッ					
[wa]	[ɴ]						
/wa/	/N/	/Q/					

1-7 그 밖의 주의해야 할 음

(1) 拗音 [や ゆ よ]

日本語의 1拍은 カナ1字로 나타내지만, 例外가 拗音이다. 音声学的으로는 口蓋化한 子音에 [a, ɯ, o]가 붙은 것이고, 音韻論的으로는 [j]는 / y /로 解釈되어 [kja, ʃa, tʃa, mja …]는 / kya, sya, tya, mya … /로 나타낸다. 또, 拗音중 [ʃɯ] [ʥɯ]는 [ʃi] [ʥi]로 発音되는 일이 많은데, 이것을 「拗音의 直音化」라고 부른다.

    手術 :「シュジュツ」「シジツ」

        「シュジツ」「シジュツ」의 4種類発音이 관찰된다.

(2) ガ行鼻音 [ŋ]

破裂音의 ガ行音 [g]는 語頭音에 나타나고, 鼻濁音의 ガ行音 [ŋ]는 語中에 나타난다. [ŋ]를 가지고 있는 사람은, 한 개의 余分音素 /ŋ/를 가지며, [ŋ]를 가지고 있지 않은 사람은, 語頭音에서는 [g]이고, 語中音에서는 [ɣ]가 된다. [g]와 [ŋ], [g]와 [ɣ]는 相補分布를 나타내며, 環境同化의 原則에 의해 同一音素 / g /에 해당한다.

  1) 外来語: カーディガン　キログラム등은 [g]로 발음

  2) 数詞의 五: 五,　十五,　二十五등은 [g]로 발음

    그러나, 十五夜, 七五調, 菊五郎와 같은 成語·熟語·人名등은 鼻音化한다.

  3) 가벼운 接頭語에 이어지는 ガ行音은 [g]로 발음

　　お元気,　お義理, お具合

4)　連結이 강하지 않는 複合語

　　高等学校, 料理学校, 日本銀行등은 [g]로 발음

　　그러나, 小学校, 中学校, 経済学등은 鼻音化한다.

5)　擬声語, 擬態語, 漢語중복의 ガ行音은 [g]로 발음

　　グズグズ,　ゴクゴク,　ゴタゴタ,

　　カンカンガクガク(侃侃諤諤: 기탄없이 논의함)

(3) ハ行子音에 대해서

　[p]와 [b]는 清音과 濁音의 대립이다. 그런데 실제로, バ行子音
[b]에 대응하는 清音은 パ行子音 [p]가 아니라 ハ行子音 [h]이
다. 즉, バ行子音 [b]는 ハ行子音 [h]에 대응하지 않고, パ行子音
[p]에 대응하고 있다. 이것은 무엇을 의미하는 것일까?

　現代의 ハ行子音은 일찍이 [p]였다. 그러나 지금 現在 ハ行子音
[p]는 [h]로 변화했다. 그런데, [p] → [h]로 변화해도, 日本人은
語頭에서 [p]를 발음하는 능력을 가지고 있었다. 따라서 [p]는 日本
固有의 단어 처음에 나타나지 않고, 보통 欧美에서의 借用語나 漢語
의 도중에만 나타난다. [h]를 ハ行子音으로 나타내는 理由는 文書
体(書きことば)의 保守性 때문이다.

　　パン [paɴ]　　　　　　　ポンプ [pompɯ]

　　切腹 [seppɯkɯ]　　　　　一発 [ippatsɯ]

(4) 母音의 無声化

母音은 보통 有声音이지만, 다음과 같은 경우 無声化하는 일이 있다.

1) 文末이나 語末의 無声子音[s]에 계속되는 [ɯ] [i]

です [desɯ]　ます [masɯ]

2) 無声子音[s]나 [k]등에 끼인 [ɯ] [i]

帰化 [ki̥ka]　好き [sɯ̥ki]　機会[ki̥kai]

きしゃ [ki̥ʃa]　くち [kɯ̥tʃi]　草[kɯ̥sa]

3) 語頭에서 無声子音앞에 오는 [ɯ] [i]

移る [ɯ̥tsɯrɯ]　行きます [i̥kimasɯ]

4) 無声子音에 끼인 母音이 連続할 경우

ききつける [ki̥kitsɯ̥kerɯ]

5) 無声子音에 끼인 [a,o]도 無声化되는 경우가 있다.

こころ [ko̥koro]　かかし [kḁkaʃi]

(5) 母音脱落과 母音縮約

1) [i]의 脱落

食べている [tabetei̥rɯ] → 食べてる [tabeterɯ]

2) [e]의 脱落

しておく [ʃite̥okɯ] → しとく [ʃitokɯ]

3) [o]의 脱落

このあいだ [kono̥aida] → こないだ [konaida]

4) [ɯ]의 脱落

　　すてる［suɯterɯ］ → ［sterɯ］

　　［ɯ］의 脱落과 促音化

　　音楽家［oŋŋakɯka］ → ［oŋŋakka］

5) 母音, 半母音의 脱落과 拗音化

　　食べてわ［tabeteɯa］ → 食べちゃ［tabetʃa］

　　飲んでわ［nondeɯa］ → 飲んじゃ［nonʤa］

6) 그밖의 拗音化

　　行ければ［ikereba］ → 行けりゃ［ikerja］

　　行けば［ikeba］ → 行きゃ［ikja］

　　食べてしまう［tabeteʃimaɯ］ → 食べちゃう［tabetʃaɯ］

　　飲んでしまう［nondeʃimaɯ］ → 飲んじゃう［nonʤaɯ］

7) 撥音化

　　わからない［ɯakaranai］ → わかんない［ɯakannai］

8) 其他

　　行くという［ikɯtoiɯ］ → 行くっていう［ikɯtteiɯ］

　　→ 行くってぃう［ikɯttiɯ］

2. 일본어의 음절

2-1 음절과 박

日本語의 音節(syllable)構造는 거의 子音1個와 母音1個로 이루어지는 CV구조를 典型으로 仮名에 대응하며, 일본인이 日本語에 대해서 인식하는 최소단위를 말한다.

日本語의 仮名는 日本語의 音韻을 반영한 것으로서, 日本語의 音의 단위는 「拍(mora)」이라 한다. 拍은 音節보다 작고 音素보다 큰 단위로, 日本語의 仮名一字는 一拍을 구성한다. 「ツクエ」를 천천히 구분지어 발음하면, ツ[tsɯ], ク[kɯ], エ[e]가 되어 모두 같은 길이를 가지고 있다. 이와 같은 것을 각각 拍(mora)이라고 부른다. 長音이나 撥音「ン」, 促音「ッ」도 같은 길이를 가지고 있으므로, 1拍을 가지고 있다. 그러나 拗音의 경우, き+ゃ로 1拍을 構成한다.

日本語의 1拍은, 대부분의 경우 1音節에 해당하지만, 拍과 音節은 같은 概念이 아니다. 音節이 音量의 增減과 音色의 変化에 主眼을 두고 설정되는데 반해, 拍은 時間的인 길이 또는 리듬에 主眼을 두고 설정되는 단위이다. 즉, 拍은 音의 길이의 단위이지만, 音節은 입의 열림 정도에 의해 정해지는 단위이다.

「カード」[kaːdo] → / ka a do / : 3拍

→ / kaa / / do / : 2音節

「ハンニン」［hanniɴ］ → / ha ɴ ni ɴ / 4拍

　　　　　　　　　　　　 → /haɴ/ /niɴ/ 2音節

「ガッコウ」［gakkoː］ → / ga Q ko o / 4拍

　　　　　　　　　　　　 → / ga Q / / ko o / 2音節

　日本語의 音節과 拍(mora)의 개념은, 특히 促音이나 撥音의 경우 學者마다 見解가 다른데, 日本「ニッポン」이라는 語를 살펴보기로 한다.

有坂秀世: 「ニ」「ッ」「ポ」「ン」의 4音節로 본다.

服部四郎: 「ニッ」「ポン」의 2音節과

　　　　　　「ニ」「ッ」「ポ」「ン」의 4mora로 본다.

金田一春彦: 「ニ」「ッ」「ポ」「ン」의 4拍으로 본다.

　世界言語는 반드시 音節을 가지고 있지만, 拍을 가지는 言語는 적다. 拍을 가지는 言語를 mora言語라고 하는데, 日本語 韓国語 蒙古語 라틴語등이 여기에 속한다. 그러나 日本語도 古代에는 音節단위로 발음하는 Syllabeme言語였다는 説이 있다.

2-2 일본어의 음절구조의 특징

短音節: 1拍의 길이를 가진다.

V ⇒ 「ア a」「イ i」「ウ u」「エ e」「オ o」

CV ⇒ 「カ ka」「サ sa」「タ ta」「ナ na」「ハ ha」: 直音拍

CsV ⇒ 「キャ kya」「キュ kyu」「キョ kyo」: 拗音拍

長音節: 2拍의 길이를 가진다.

CVR ⇒ 「カー」「サー」「バー」「ヤー」

CsVR ⇒ 「キャー」「ヒャー」「キュー」「ヒュー」

C(s)VN ⇒ 「カン」「サン」「バン」「キャン」: 撥音拍

C(s)VQ ⇒ 「カッ」「ハッ」「キャツ」「ジュツ」: 促音拍

子音(Consonant)과 母音(Vowel) 半母音(Semivowel)으로 구성되는 日本語音節에는 CV나 CsV와 같이 母音으로 끝나는 開音節과, C(s)VN나 C(s)VQ와 같이 特殊音素/N//Q/로 끝나는 閉音節이 존재한다. 그러나 日本語는 特殊音節을 제외하면, 모두 開音節이기 때문에 開音節(open syllable)言語라고 한다. 이탈리아語나 필란드語도 語가 母音으로 끝나는 傾向이 강해 開音節構造의 言語이다. 이에 반해, 유럽의 諸言語의 大部分과 韓国語는 語가 子音으로 끝나는 傾向이 강해 閉音節(closed syllable)構造의 言語이다.

C+V+C構造   학교(<u>hak</u> kyo)

C+V+C+C構造   **많**다(<u>manh</u> ta)

C+s+V+C構造   가**볍**다(ga <u>byeop</u> da)

C+C+V+C+V+C+C構造   student(1音節)

特殊音素를 제외하면, 일본어의 음절은 母音으로 끝나기 때문에, 外国語를 日本語로 表記할 경우 日本語的인 音節構造로 전환된다. 이 때문에 原語의 발음과는 상당한 차이를 느끼는 것이다.

감사합니다. →カムサハムニだ(kamusahamunida)

spring. →スプリング(supuringu)

이처럼, 日本語는 拍音節構造를 가지는 mora音節이며, 時間的으로 늘 1拍을 가지는 等時間隔拍의 특색을 가진다.

3. 日本語의 액센트

액센트는 拍마다의 높이의 변화를 말한다. 영어 독일어 러시아어 이탈리아어 등은 音의 強弱을 나타내는 強弱액센트(stress accent)를 가지고 있고, 日本語와 베트남어 타이어 미얀마어 등은 音의 높고 낮음을 나타내는 高低액센트(pitch accent)를 가지고 있다. 中国北京語나 스웨덴어는 強弱·高低액센트 양쪽 모두를 가지고 있는 言語이고, 韓国語 프랑스어 인도네시아어 등은 액센트를 가지지 않는 言語이다.

3-1 액센트의 특징

(1) 日本語는 高低액센트이며, 拍構造를 가진다.

(2) 日本語의 액센트는 1拍째와 2拍째의 액센트 높이가 반드시 다르며, 액선트의 山은 한곳밖에 없다.

(3) 日本語의 액센트体系는 周圈論적으로 分布한다.
柳田国男의 方言周圈論 「蝸牛考」(☞어휘 4-1을 참조)

(4) 語액센트型은 意味를 변별하지만, 文액센트型은 意味의 변별기능이 없다.

(5) N拍語의 액선트型은 N+1의 種類이다.

  1) 一拍語

    エ(ヲ)　　絵(그림)　　　　エ(ヲ)　　柄(손잡이)

  2) 二拍語

    ネコ(ヲ)　　猫(고양이)　　　ハシ(ガ)　　箸(젓가락)

    イヌ(ヲ)　　犬(개)　　　　　ハシ(ガ)　　橋(다리)

    ウシ(ヲ)　　牛(소)　　　　　ハシ(ガ)　　端(끝, 선단)

  3) 三拍語

    イノチ(ヲ)　　命(생명)　　　ココロ(ヲ)　　心(마음)

    オトコ(ヲ)　　男(남자)　　　ネズミ(ヲ)　　鼠(쥐)

  4) 四拍語

    コオモリ(ヲ)　　　こうもり(박쥐)

    アサガオ(ヲ)　　　朝顔(나팔꽃)

    カラカサ(ヲ)　　　唐傘(지우산)

    オトオト(ヲ)　　　弟(남동생)

    トモダチ(ヲ)　　　友達(친구)

  5) 五拍語

    カゲボウシ(ヲ)　　　影法師(사람의 그림자)

    オカアサマ(ヲ)　　　お母様(어머니)

    ヤマザクラ(ヲ)　　　山桜(산벚나무)

    ワタシブネ(ヲ)　　　渡し船(나룻배)

オ￢ショウツ￢(ヲ)   お正月(정월, 설)

タ￢マゴヤキ(ヲ)   卵焼き(달걀부침)

6) 六拍語

ダ￢イジングウ(ヲ)   大神宮(伊勢神宮)

オ￢マ￢ワリサン(ヲ)   お巡りさん(순경)

ト￢ウモ￢ロコシ(ヲ)   とうもろこし(옥수수)

シ￢ダレヤ￢ナギ(ヲ)   枝垂れ柳(수양버들)

タ￢ンサンガ￢ス(ヲ)   炭酸がす(탄산가스)

ジュ￢ウイチガツ(ニ)   十一月

ム￢ラサキイロ(ヲ)   紫色(자색, 보랏빛)

3-2 액센트의 기능

(1) 同音語의 識別機能 : 語의 意味를 辨別해, 同音異義語를 区別한다.

は￢し(橋) → 「低高」형   は￢し(著) → 「高低」형

あ￢め(飴) → 「低高」형   あ￢め(雨) → 「高低」형

(2) 分節機能 : 語와 語의 끊김을 나타내는 역할을 한다.

ニ￢ワ(庭)に￢は ニ￢ワトリ(鶏)が￢いる。

(3) 統語機能 : 語와 語를 통합시키고, 統語的단위를 식별한다.

　　ア￣サ(朝) → 「高低」형　　ゴ￣ハン(御飯) → 「高低低」형

　　ア￣サゴ￣ハン(朝御飯) → 「低高高低低」형

　　に￣わと￣りがいる → 「高低低高高高高」로 읽으면,

　　　　　　　　　　　　　　「2羽鳥がいる」의 意味

　　に￣わとりがいる → 「低高高高高高高」로 읽으면,

　　　　　　　　　　　　　　「鶏がいる」의 意味

3-3 액센트 형

(1) 平板型: 제1拍은 낮고, 2拍부터 助詞까지 높다.

　　　　日￣が　　名￣が　　ハ￣ナガ(鼻) → 「低高(高)」형

(2) 起伏型: 액센트의 核을 가지며, 助詞의 액센트가 낮아진다.

　1) 頭高: 제1拍(액센트核)이 높고, 2拍부터 낮다.

　　　　イ￣ノチが(命)　　ミ￣ドリが(緑) → 「高低低低」형

　2) 中高: 제1拍이 낮고 2拍(액센트核)이 높지만 그 후 낮다.

　　　　コ￣コ￣ロが(心)　　ニ￣オ￣イが → 「低高低低」형

　3) 尾高: 제1拍은 낮고 2拍과 3拍(액센트核)은 높지만, 後続하는

　　　　助詞는 낮다.

　　　　ネ￣ズミ￣が(鼠)　　オ￣トコ￣が(男) → 「低高高低」형

▶ 活用에 의해 下降의 위치가 바뀌는 경우가 있다.

ア｜カイ   ア｜カ｜カッタ

▶ 複合語의 경우, 下降이 한 개가 된다.

ム｜カシ + ハ｜ナシ → ム｜カシバ｜ナシ

3-4 일본어 액센트의 지역적변종

金田一(1981)와 NHK(1985)를 참조해서, 玉村(1992)는 일본어의 액센트 분포도를 일본지도로 제시했다. 지도에 의하면 日本語액센트는 方言差가 큰 분야인데, 크게 4種類의 형태로 分類된다.

(1) 東京式 : 関東에서 中部地方,中国地方,北海道등에 널리 분포하고 있으며, 공통어액센트의 기본이 된다.

(2) 京阪式 : 核의 有無와 位置, 語의 높고 낮음이 東京式보다 복잡하고 액센트형의 종류가 많다. 大阪・京都를 포함한 近畿地方와 四国地方에 분포한다.

(3) 無型式 : 福島県을 중심으로 山形県 및 宮城県남부에서 茨城県 및 栃木県에 이르는 지역, 八丈島, 九州의 宮崎県에서 熊本県동부 및 福岡県남서부지역, 福井市 방언 등에 분포하는데, 모든 語에 액센트型이 존재하지 않는다.

福井市方言 { ハシ(箸)　　　ハシ(橋)
　　　　　　ムギ(麦)　　　コメ(米)
　　　　　　アカイ(赤)　　シロイ(白)

(4) 二型式 : 九州의 鹿児島県에서부터 熊本県서부, 佐賀県남서부, 長崎県남부지역 등에 분포하는데, 모든 액센트句가 2종

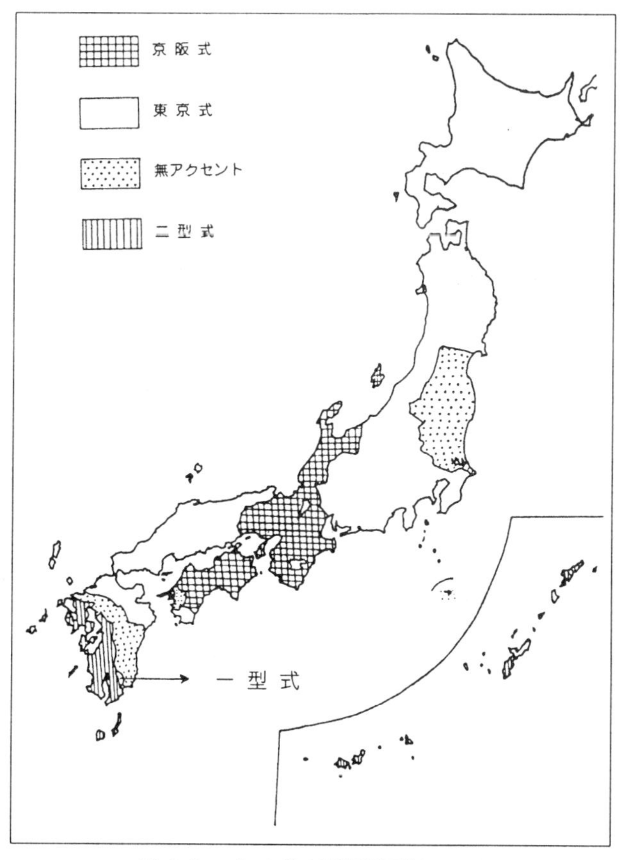

<アクセントの分布略図(玉村1992)>

류(최후의 拍이 높거나, 아니면 최후에서 두 번째 拍이 높다)의 형태로 분류된다.

(5) 一型式: 鹿児島県과 宮崎県의 경계부근 지역, 즉 宮崎県都城方言등에 散在하는 액센트로서, 액센트型의 구별이 없이 모든 語가 同一型으로 発音되는 것을 말한다. 즉, 拍단위마다 하나의 型밖에 가지지 않는 것을 말하며, 모든 語의 액센트型이 같다.

ヒ┐ガ(日が,火が)

ハ┐ナ(鼻,花)　　　ハナ┐ガ(鼻が,花が)

サク┐ラ(g桜)　　　サクラ┐ガ(桜が)

ハ┐シ(箸)　　　ハ┐シ(橋)

ム┐ギ(麦)　　　コ┐メ(米)

アカ┐イ(赤)　　　シロ┐イ(白)

어느 語의 단위도 최후의 拍이 높아지므로, 尾高一型이라고 부른다.

<지방에 따라 달리 발음되는 액센트>

	雨	飴	髪	紙	箸	橋
札幌	アメ	アメ	カミ	カミ	ハシ	ハシ
東京	アメ	アメ	カミ	カミ	ハシ	ハシ
京都	アメェ	アメ	カミ	カミ	ハシ	ハシ
広島	アメ	アメ	カミ	カミ	ハシ	ハシ
高知	アメ	アメ	カミ	カミ	ハシ	ハシ
鹿児島	アメ	アメ	カミ	カミ	ハシ	ハシ

(진한 부분이 높게 발음된다)

4. 억양(Intonation)

억양은 文수준에서 個人的인 感情을 反映한 소리의 높임과 내림을 말하는데, 여기에는 音의 高低만이 아니라 強弱, 速度, 声色도 포함시켜 생각해야 한다.

明日、行きます↗。: 疑問
明日、行きます↘。: 肯定 →자신이 가는 것을 표명하는 文
明日、行きます→。: 陳述 →가는지 안 가는지 고려중

やっぱり行くんだね↗。: 상대방에게 確認하는 文
やっぱり行くんだね↗↘。: 자신의 感慨를 니티네는 文
わかります↘↗。: 不信의 기능

↗↘는 上昇한다음 母音을 늘어뜨리며 下降할 경우이고,
↘↗는 下降하고 나서 急上昇하는 경우이다.

私は行きますよ↗。: 상대방에게 告知하는 文
私は行きますよ↘。: 抗議나 不満이 담겨진 告知가 된다.
抗議 ⇒ 行かないと思われているらしいが私は行くのだ。
不満 ⇒ 行きたくないけれど行くのだ。

食べますか↗。: 質問이나 疑問의 기능
食べますか↘。: 納得했을 때나 意思確認의 기능

単語에도 抑揚이 작용한다.

$$\begin{cases} \text{アメ(雨)↗。: 疑問} \\ \text{アメ(雨)↗↘。: 疑い} \end{cases}$$

(1) 上昇調 ↗

상대방에게 勧誘하거나 確認하고 싶을 때 사용되는데, 配慮의 기능이 있다.

あります↗。　　　　そこにあるでしょう↗。

A: そうですか↗。　　B: ええ、そうですよ↗。

A: 明日は8時に図書館に来ます→。

B: 明日は休館日ですよ↗。

(2) 平板調 →

応答文一般에 사용되어, 평탄하고 소탈한 느낌을 준다.

A: これから↗。　　B: ええ、これから→。

A: はたらく↗。　　B: うん、はたらく→。

A: 中学生ですか↗。　　B: いいえ、高校生です→。

(3) 下降調 ↘

文末에서 의식적으로 音調를 낮추는 경우이다.

1) 不満이 있거나, 무언가를 알고 실망했을 때

A: わからない→。　　　B: そう、わからないの↘。

2) 무언가를 発見하거나, 알아차렸을 때

　　ああ、ここにありますね＼。

3) 納得이나 反語를 나타낼 때

　　A: 彼、合格したそうです→。

　　B: そうか、合格したのか＼。

　　A: これ、おいしそうね→。

　　B: それなんかおいしいもんか＼。

5. 卓位(Prominence) →부분강세, 대비강조

(1) Prominence는 어떤 文을 発話할 때, 意味的으로 強調되는 곳에
두어지는 音의 높임, 강함, 길이 등을 모두 합쳐 말한다. 즉, 文중의
특정 要素에 強勢를 두어 그 요소를 다른 요소보다도 중요하게
여길 때 사용된다. 강조되어 발음되는 것은 주로 動詞나 名詞등의
自立語로, 助詞나 助動詞등의 附属語가 아니다.

　　新婚旅行はやっぱり<u>済州道に</u>行きますよ。

　　海外도 아니고 済州道다. 이때 済州道가 높고 강하게 발음될 可能
性이 높다.

　　今日は<u>火曜日</u>です。月曜日ではありません。

　　발화의 中心은 「火曜日」로 강하게 발음되고, 「月曜日」는 약하게
발음된다.

　　わたし、<u>時間がありません</u>から、行きません。

　　발화의 中心은 「時間がありませんから」로 강하게 발음되고, 「行
きません」의 부분은 강조되지 않아, 「……」와 같이 省略해버리기도
한다.

わたし、時間がありませんから……。

(2) 「わたし、ほんとうにこまります」경우, 표현의도에 따라 「ほんとうに」와 「こまります」를 강조하는 경우로 나뉘어 진다. 困難한지 어떤지를 문제 삼을 때는 「こまります」가 강조되고, 困難한 정도를 話題로 삼을 때는 「ほんとうに」가 강조된다.

  1) 「ほんとうに」를 강조할 때

     ホン<u>トー</u>ニ : とう가 강하고 길게 된다.

     ホ<u>ンー</u>トニ : ん이 강하고 길게 된다.

     <u>ンー</u>トニ : ほ는 거의 들리지 않고, ん이 강하고 길게 된다.

  2) 「こまります」를 강조할 때

     コ<u>マリ</u>マス : 액센트의 높이에 따라 소리도 강해진다.

     コ.マ.リ.マ.ス : 천천히 발음된다.

6. 리듬(Rhythm)

日本語는 拍하나하나가 거의 같은 시간간격으로 발음된다고 하는 「拍의 等時性」의 特徵이 있어, 日本語리듬의 最小単位를 형성하는 것은 拍이지만, 2拍이 하나의 단위가 되어 리듬의 기본이 되고, 거기에 단독의 音節이 混在되어 文이 완성된다. 俳句나 和歌를 읽을 때 2拍씩 발음하면 가락이 좋게 들리고, 略語나 의성어 · 의태어를 보면 2拍을 기본단위로 한다. 또, 1拍씩의 시간간격은 撥音 · 促音 · 長音의 경우 조금 짧아 반드시 같지 않은데, 2拍씩을 세면 길이가 보완되어 等時間에 접근한다. 따라서 日本語리듬의 기본은 「ア/カ/キャ」처럼 短音節이라면 2개, 「サー/ヒャー/サン/ハッ」처럼 長音節이라면 1개로, 2拍分이 하나가 되는데, 리듬의 結合方式에는 規則이 있다.

(1) 文節속에서는, 短音節과 短音節보다도 長音節의 結合方式이 優先된다.
ニ ホン ゴノ レン シュウ ト(○)
ニホ ン ゴノ レン シュウ ト(×)

(2) 長音節에 短音節이 끼여 있는 경우는 다음과 같이 된다.
ソウ ダ ロウ ト オ モイ マス
アリ ガ トウ ゴザ イ マス (○)
アリガ ト ウゴ ザイ マ ス (×)

(3) 文節속에 長音節이 없고, 語構成이 특별히 확실하지 않으면, 原則的으로 앞에서부터 차례로 短音節과 短音節의 2拍分이 하나가 된다.

アタ マガ イタ クテ (頭が痛くて)

(4) 数字가 時間 날짜 住所나 특별한 意味로 사용될 경우, 規則 (1)(2)에 따른다.

ニ ジュウ ニ サン サイ (22~23才)

シチ ゴ サン (七五三)

(5) 電話番号나 銀行口座番号등과 같이 단순히 数字를 나열한 경우에는, 1拍으로 발음되는 数字가 長音처럼 2拍分의 길이로 발음되는 일이 많다.

☎ 245-9254는 ニー ヨン ゴー ノ キュー ニー ゴー ヨン 또는 ニー ヨン ゴー # キュー ニー ゴー ヨン와 같이 된다.

実際로 외국인학습자의 발음을 보면, 特殊拍「ン、ッ、ー」이 너무 짧은 경향이 있다. 역으로 보통의 拍을 불필요하게 길게 발음하는 일도 일어난다. 이를테면「切手」,「着て」,「聞いて」의 발음이 혼동된다.

7. 한국어화자의 발음상의 문제점

(1) 清音(無声子音)과 濁音(有声子音)의 구별

한국어는 平音 激音 濃音의 대립은 있어도, 음운체계상 清音과 濁音의 대립이 없기 때문에, 語頭의 有声子音을 無声子音으로, 語中의 無声子音을 有声子音으로 발음해 버리는 경향이 있어 청음과 탁음의 구별이 어렵다.

下駄 →けだ (×)   松竹梅 →しょうぢくばい (×)

(2) 短母音과 長母音의 구별

제2音節이후의 短母音과 長母音의 구별을 어려워한다.

主人 → しゅうじん(×)   規模 → きぼう(×)
おじさん ↔ おじいさん   おあばさん ↔ おばあさん

(3) 促音拍과 撥音拍의 유무

한국어는 促音과 撥音이 직전의 모음과 함께 1음절에 속하므로, 일본어의 促音과 撥音을 짧게 발음하는 경향이 있다. 또, 促音의 유무가 不明瞭하다.

갔다 2拍: 行った 3拍   음악 2拍: おんがく 4拍
イタ(板)인지 イッタ(行った)인지 발음이 명확하지 않다.

(4) 子音同化의 현상

信頼: シンライ →*シルライ →*シンナイ

권利: ケンリ　→*ケルリ　→*ケンに

単位: タンイ　→〔daɲi〕〔daŋyi〕〔daŋwi〕　→*タニ

恋愛: レンアイ　→*レナイ

本を: ホンヲ　→*ホノ

(5) 語中의 h를 有声化하거나 발음하지 않고, 無声歯茎破擦音ツ는 〔tʃɯ〕나 〔ʔsɯ〕로, 有声摩擦音ザ・ズ・ゼ・ゾ는 ジャ・ジュ・ジェ・ジョ로 발음되기 쉽다.

ゴハン(御飯)　→*ゴアン　　　　ハハ(母)　→*ハア

ナツ(夏)　→*ナチュ〔natʃɯ〕　*ナス〔naʔsɯ〕

カゼ(風)　→*カジェ〔kadʒe〕

カズ(数)　→*カジュ〔kadʒu〕

(6) 外来語발음

일본어에 있어서 外来語의 音転写규칙을 모르고, 韓国語에서의 外来語를 그대로 일본어로 발음하거나 表記하는 사람이 있다.

gum ガム→*コム　　　　stockings ストキング→*スタキン

song ソング→*ソン　　　fashion ファッション→*ペション

match マッチ→*メチ　　picnic ピクニック→*ピックニック

meter メートル→*ミト　　film フィルム→*ピルム

apart アパート→*アパト　pocket ポケット→*ポケト

shirt シャツ→*シャス　　　service サービス→*ソビス

France フランス→*プランス

cash-card キャッシュカード→*ケシカド

skating スケート→*スケイト

hamburger ハンバーガー→*ヘンボゴ

《参考文献》

NHK(編). 1985『日本語発音アクセント辞典』改訂新版 日本放送出版協会

今田滋子. 1989『発音(改訂版)』教師用日本語教育ハンドブック
　　　　　シリーズ6) 国際交流基金

大石初太郎. 1971「プロミネンスについて」『話しことば論』秀英出版

大高博美. 1987「日本語の音節構造とリズム」『月刊言語』16巻6号

鹿島 央. 2002『日本語教育をめざす人のための基礎から学ぶ音声学』
　　　　　スリーエーネットワーク

金田一春彦(監修). 1998『明解日本語アクセント辞典』三省堂

窪薗晴夫・太田聡. 1998『音韻構造とアクセント』日英語比較選書10) 研
　　　　　究者出版

小泉 保. 1993「音声学・音韻論」『言語学入門』大修館書店

城田 俊. 1993『日本語の音ー音声学と音韻論ー』ひつじ書房

杉藤美代子(編). 1989『講座日本語と日本語教育2 日本語の音声と音韻』
　　　　　明治書院

杉藤美代子(編). 1990『講座日本語と日本語教育3 日本語の音声と音韻』
　　　　　明治書院

田中真一・窪薗晴夫. 1999『日本語の発音教室ー理論と実習』くろしお出版

玉村文郎編. 1992『日本語学を学ぶ人のために』世界思想社

日本語教育学会編. 2005『新版日本語教育事典』大修館書店

服部四郎. 1984『音声学』岩波書店

飛多良文編. 2007『日本語学研究事典』明治書院

水谷修・大坪一夫. 1992 日本語教育指導参考書1『音声と音声教育』文化庁

林憲燦. 1999『日本語学概論』不二文化社

제**3**장
문자 · 표기

1. 문자의 성격과 분류

1-1 문자의 성격

言語의 역사는 음성과 의미가 결부된 音声言語가 먼저 존재하고, 뒤를 따라 文字言語가 성립했다는 것이 일반적이다. 전 세계의 언어에 있어서도 音声言語는 존재하지만 文字言語가 존재하지 않는 民族도 많이 있는 것으로 보인다.

文字言語는 音声言語에 비해, ① 매개물이 文字로 시간과 공간의 격차가 존재하고, ② 경어 등의 待遇表現을 필요로 하지 않고 액센트를 표현하지 않으며, ③ 方言이 아니라 共通語를 사용하고, 符号등이 함께 사용되며, ④ 文字言語는 音声言語에 비해, 역사적인 변천이 적다는 특징을 가지고 있다. 따라서 現在의 文字言語는 現在의 音声言語를 비교적 잘 반영하고 있다고 할 수 있다.

1-2 문자의 분류와 사용

세계 언어의 文字는 크게 「表意文字」와 「表音文字」로 나뉘어 진다.

(1) 表意文字 : 一字마다 一定의 意味를 가지는 文字.
　　　　　　　漢字나 古代이집트文字등이 여기에 해당 된다.

(2) 表音文字 : 一字마다 一定의 音를 나타내는 文字.

　　　　　　　　梵字, 로마字, 平仮名, 片仮名, 諺文, 한글, 点字,

　　　　　　　　그리스文字 등

　1) 音節文字 : 平仮名, 片仮名와 같이 仮名一字가 1音節에 해당

　　　　되다.

　　　日本語仮名는 清音46字 + 濁音과 半濁音25字 + 拗音의 清

　　　音 21字 + 拗音의 濁音 15字 + 促音「っ」가 부가되어 計108

　　　文字가 된다.

　2) 音素文字(単音文字) : 로마字와 같이 単音을 나타낸다.

　　　로마字는 大文字24자와 小文字24자로 구성되어 있다.

　現在일본에서는 漢字, 平仮名, 片仮名를 常用하고, 때때로 로마字
나 数字(漢数字·算用数字) 그 밖의 약간의 記号를 병용하고 있다.
漢字는「空気」「休む」「青い」「静かな」와 같이 名詞나 活用語幹
등 의미를 담당하는 부분에 사용된다. 平仮名는「走る」「赤い」와 같
은 活用語尾나,「赤さ」「お兄さん」과 같은 接辞나, 助詞·助動
詞·副詞·接続詞,「こと」「ところ」등의 形式名詞등에 사용된다.
片仮名는 外来語, 外国語音, 外国의 地名이나 人名, 擬声語·擬態
語, 動物植物名, 그 밖의 발음을 強調하거나, 特殊한 뉘앙스를 나타
낼 때 사용된다.

2. 한자

2-1 한자의 성격

현존하는 최고의 漢字는 甲骨文字이며, 모든 漢字音에는 반드시 平声·上声·去声·入声의 声調를 수반하고 있다. 日本에 漢字가 최초로 전해진 것은 서기 285년 경이라는 설도 있지만, 실제로는 5世紀경 応神天皇16年에 百済로부터 王仁이 「論語」 「千字文」을 전래한 것으로 전해지고 있다. 한자로 일본어를 표기하기 위해 일본에서 가장 오래된 시가집 『万葉集』이 만들어 졌다.

漢字는 文字를 알지 못했던 日本人에게 言語를 記録하는 手段뿐만이 아니라, 中国語用漢字를 日本語用으로 전환하는 과정에서 草体化와 略体化를 이끌어내, 平仮名와 片仮名라는 表音的인 音節文字를 발명하게 했다.

漢字의 字数는 法令, 公用文, 新聞, 放送등의 장소에서 사용하는 常用漢字1945字가 있다. 漢字를 분류할 때 基本이 되는 部分을 漢字의 部首라 하고, 漢字의 筆順은 「上에서 下로, 左에서 右로」라는 大原則이 있다.

2-2 漢字의 音과 訓

漢字의 「音」은 漢字를 中国발음에 의거해 읽는 것을 말하고, 「訓」

은 고유의 일본어를 漢字로 나타내는 것을 말한다. 音도 訓도 漢字읽기로 認識되는데, 人(ヒト/ジン), 山(ヤマ/サン), 川(カワ/セン)등과 같이 使用度가 높은 것은 音과 訓을 가진다.

常用漢字(1945字)표에서 보면, 音은 2187(1字당 1.12), 訓은 1900(1字당 0.98)으로 計4087(1字당 2.10)이고, 音밖에 없는 것은 737字, 訓밖에 없는 것은 40字, 音과 訓이 같이 있는 것은 1168字이다. 이와 같이 音이 訓보다 많다.

山 { ヤマ: やまなみ　　やまざくら　　cf)やまをはる
　　サン: 山脈　　山頂

風 { カゼ: かぜが吹く　　つよいカゼ
　　フウ: 風速　　強風　　cf)風習
　　ニシ: 西　　西日

西 { セイ: 西部　　西暦　　北西
　　サイ: 西国　　東西

훈독이 같아도 의미가 다른 말

税金を納（おさ）める。　国を治（おさ）める。

速（はや）く走る。　　早（はや）く起きる。

距離を測（はか）る。　委員会を図（はか）る。　タイムを計（はか）る。

熱（あつ）いコーヒーを飲む。　暑（あつ）い日ざかり。　厚（あつ）い氷がはる。

음독이 같아도 의미가 다른 말
　せいねん : 青年(젊은 사람)　成年(어른)
　いし : 意志(생각)　意思(하려고 하는 마음)
　しゅうぎょう : 修業(수업)　就業(취직)　終業(일을 마침)

음독만 있는 한자
円　王　気　校　文　本　百　絵　画　記　京　台　地
体　茶　毎　電　番　曜　理　意　員　界　駅　院　活

훈독만 있는 한자
貝(かい)　畑(はたけ・はた)　株(かぶ)　矢(や)　届(とどける)

漢字의 訓은 1字多訓에서 1字1訓이나 零訓으로 움직이고 있다. 그러나 音밖에 가지고 있지 않는 漢字에는 語(意味)와의 대응이 애매한 것이 많다.

2-3 한자음

中国漢字音은 대개 一字에 一種이지만, 日本에서 사용되는 字音은 一字가 二種이상이 많다. 이것은 時代나 地方을 달리해 中国音을 차례로 받아들였기 때문이다.

(1) 呉音

　5·6世紀경 中国南部의 양자강하류지역의 音으로 朝鮮을 경유해 流入되었으며, 仏教関係의 語가 많다. 現在에도 上海나 蘇州付近의 사투리를 呉方言이라 부른다.

　　　修行(しゅぎょう), 経文(きょうもん), 頭脳(ずのう)
　　　灯明(とうみょう), 京都(きょうと), 男女(なん にょ)
　　　白衣(びゃく え)

(2) 漢音

　7·8世紀경 随·唐과의 교류에 의해 유입된 長安音으로, 遣唐使나 学僧등이 전한 中国北方의 音이다. 儒教의 経典이나 詩文에 많고, 日本語漢字音중 가장 많다.

　　　行動(こうどう), 経歴(けいれき), 頭髪(とうはつ)
　　　明暗(めいあん), 京師(けいし), 男女(だん じょ)
　　　白衣(はく い)

(3) 唐音

　12世紀이후 宋·元·明시대에 貿易과 禅宗의 수용에 따라 流入된 中国南方의 音이다. 禅宗의 用語나 食物·器具의 이름이 많지만 그 数는 적다.

行灯(<u>あん</u>どん), 看経(かん<u>きん</u>), 饅頭(まん<u>じゅう</u>)

明朝(<u>みん</u>ちょう), 南京(なん<u>きん</u>), 普請(ふ<u>しん</u>)

呉音, 漢音, 唐音의 차이를 정리하면 다음과 같다.

	行	請	経	頭	京	外	明	婆	団	下	和
呉音	ギョウ	ショウ	キョウ	ズ	キョウ	ゲ	ミョウ	バ	ダン	ゲ	ワ
漢音	コウ	セイ	ケイ	トウ	ケイ	ガイ	メイ	ハ	タン	カ	カ
唐音	アン	シン	キン	ジュウ	キン	ウイ	ミン	ポ	トン	ア	オ

▶ 『古事記(712)』는 呉音을, 『日本書紀(720)』는 漢音을 사용하

고 있다.

『古事記』: 馬(メ)　奴(ヌ) → 鼻音m, n을 가진다.

『日本書紀』: 馬(バ)　奴(ド) → 有声b, d을 가진다.

▶ 漢音을 正音으로 하고, 몇 번이나 呉音을 漢音으로 개정하려

했지만, 이미 생활에 정착한 呉音을 밀어낼 수 없어서, 呉音과

漢音이 병립하는 불행한 결과를 초래해 字音의 읽기는 複雑하

게 되었다.

大名「ダイミョウ」: 呉音　　大国「タイコク」: 漢音

成就「ジョウジュ」: 呉音　　成功「セイコウ」: 漢音

2-4 宛字(=当て字)

漢字가 가지고 있는 의미와는 상관없이 漢字의 읽는 방식만을 和語, 外来語, 外国의 人名·地名등의 音에 맞추어 쓰는 漢字의 使用方法을 말한다. 또, 漢字2字이상의 字를 하나의 日本語로 대응시킨 것을 「熟字訓」이라고도 한다.

(1) 漢字2文字에 대응하는 仮名2文字
　　明日(あす)　海女(あま)

(2) 漢字2文字에 대응하는 仮名3文字
　　時雨(しぐれ)　飛鳥(あすか)　紅葉(もみじ)　土産(みやげ)
　　今日(きょう)　大人(おとな)　昨日(きのう)　祝詞(のりと)
　　雪崩(なだれ)

(3) 漢字3文字에 대응하는 仮名3文字
　　従兄弟(いとこ)　秋刀魚(さんま)　二十歳(はたち)
　　二十日(はつか)

(4) 漢字3文字에 대응하는 仮名4文字
　　一昨日(おととい)　一昨年(おととし)　十六夜(いざよい)
　　五月雨(さみだれ)　紫陽花(あじさい)

(5) 字音과 字訓을 이용한 借字表記

　　沢山(たくさん) 素敵(すてき) 胡麻化(ごまか)す

　　浦山敷(うらやましき) 目出度(めでたく) 目出鯛(めでたい)

(6) 外来語나 外国語의 表音表記, 日本語固有名詞表記

　　麦酒(ビール) 硝子(ガラス) 倶楽部(クラブ) 可愛(かわいい)

2-5 国字(=和字)

　　国子란 必要에 의해 일본에서 만들어진 漢字를 말하는데, 그 数는
적어 『岩波漢語辞典』에서도 110字 정도 밖에 수록되어 있지 않다.

　　榊(さかき) 峠(とうげ) 凩(こがらし) 躾(しつけ)

　　込(こむ/こめる) 辻(つじ) 搾(さく/しぼる) 杢(もく)

　　枠(わく) 襷(たすき) 雫(しずく) 鰯(いわし) 鱚(きす)

　　鱈(たら) 鯰(なまず) 颪(おろし) 働(はたらく)

　　凩(こがらし) 凧(たこ)

　　漢字는 변하지 않았지만, 日本的인 意味로 쓰이고 있는 것도 있다.

　　偲(しのぶ): 原義는 [責める], 日本에서는 [人を思慕する]

3. 仮名

　현존 最古의 漢字로는 金石文이다. 漢字에 의해 우선은 漢文으로 일본어가 표기되었고, 이윽고 「音」과 「訓」이라는 2개의 읽는 방식이 정착되어가다, 일본어로서 읽을 수 있는 문장이 漢字로 표기되는 「変体漢文」이 등장한다. 「変体文」에 일부 仮名를 사용하다 문장전체를 仮名쓰기 하게 되어 平仮名와 片仮名가 성립한다.

　奈良時代문헌의 문체는 純漢文・変体漢文이 대부분이었다. 助詞・助動詞나 固有名詞등은 万葉仮名로 썼고, 『日本書紀』『古事記』에서 歌謡를 万葉仮名로 사용했다. 그리고 仮名의 성립과정을 철자체계에서 보면, 漢文의 철자는 漢字의 均一性・等間隔性에 지배받는다. 그런데 漢字로 일본어를 표현하면 文字列과 意味의 끊김이 일치하지 않는다. 仮名의 성립은 이점의 해결도 되었다.

3-1 万葉仮名

　万葉仮名는 漢字의 의미를 무시하고, 音과 訓을 일본어발음으로 표기하기 위해 빌린 것을 말한다. 表音文字로서 사용된 漢字를 「真仮名」라고도 하는데, 이 경우漢字의 意味와 日本語의 意味와는 無関係이다.

　都(みやこ) ― 美也古,　桜(さくら) ― 佐久良

金石文을 비롯해,「古事記」「日本書紀」「万葉集」등에서 볼 수 있지만,「万葉集」에서 많이 사용되고 있기 때문에「万葉仮名」라고 불리었다.

(1) 音仮名

漢字의 音을 빌려 일본어를 表記한 것으로「借音仮名」라고도 한다.
　　一字一音節 : 宇具比須　　安米　　波奈
　　一字二音節 : 有兼　　欝膳

(2) 訓仮名

漢字의 訓을 빌려 일본어를 表記한 것으로「借訓仮名」라고도 한다.
　　一字一音節 : 名津蚊為　　八間跡
　　一字二音節 : 夏樫　　偲食
　　二字一音節 : 五十串
　　二字二音節 : 小竹　十六

3-2 平仮名

万葉仮名를 草書体해서 쓴 것을 草仮名라고 하는데, 草仮名가 점차로 簡略化되어 간 것이 平仮名이다. 平仮名는 字体의 디자인이 곡선으로, Rodriguez의『日本文典』이 最古이다. 예전에는「かんな」

「かな」라고 불리었는데, 여성들 사이에서 주로 사용되어 「女手」라고도 했다. 平仮名는 日本語의 편지文, 和歌를 쓰기 위한 文字로 성립해, 이윽고 日記나 物語를 平仮名로 쓰게 된다. 平仮名는 48種類이었지만, 「現代かなづかい」에서는 「ゐ」「ゑ」가 쓰이지 않으므로 46字가 되었다.

▶ 漢字의 草書体에서 생긴 平仮名의 字源

あ(安)	い(以)	う(宇)	え(衣)	お(於)	
か(加)	き(幾)	く(久)	け(計)	こ(己)	
さ(左)	し(之)	す(寸)	せ(世)	そ(曾)	
た(太)	ち(知)	つ(川)	て(天)	と(止)	
な(奈)	に(仁)	ぬ(奴)	ね(祢)	の(乃)	
は(波)	ひ(比)	ふ(不)	へ(部)	ほ(保)	
ま(末)	み(美)	む(武)	め(女)	も(毛)	
や(也)		ゆ(由)		よ(与)	
ら(良)	り(利)	る(留)	れ(礼)	ろ(呂)	
わ(和)	ゐ(為)		ゑ(恵)	を(遠)	ん(无)

3-3 片仮名

片仮名는 万葉仮名의 字画의 一部를 생략해서 성립된 것으로 字体의 디자인이 직선이고 딱딱하다. 「かたかんな」라고도 불리었는데,

전신은 漢文을 訓読하기 위한 보조기호였다. 片仮名는 漢字에 주석을 달 때 사용되어, 漢字를 보조하는 文字였다. 예전에는 政府의 公用文이나 男性의 書信文등에서 밖에 볼 수 없었으나, 지금 현재 片仮名로 표기되는 것은 外来語나 外国語, 外国의 人名이나 地名, 専門用語나 俗語나 隠語, 動物名이나 植物名, 擬音語나 擬態語, 電報文이나 方言등에서 사용된다.

　　○외래어, 외국어 : マスコミ　　カーテン　　ガーゼ
　　○외국의 지명, 인명 : アメリカ　　ヨーロッパ
　　　　　　　　　　　　エジソン　　ケネディ
　　○의음어, 의태어 : ガタガタ　　ザーザー
　　　　　　　　　　　ドンドン　　ガチャン
　　○전보문 : アスアサ七ジツクムカエタノム

片仮名로 표기하는 이유는 漢字와 같이 語를 文字列속에서 부각시켜 그것이 特殊用語라는 것을 나타내기 위해서고, 만화에서는 擬音語의 효과를 최대한 이용하기 위해서다. 또 方言을 片仮名로 표기하면 発話를 音声으로서 파악하고 있는 의식의 표시가 되기 때문이다.

▶ 現在 사용되고 있는 片仮名의 字源
　　ア(阿)　イ(伊)　ウ(宇)　エ(江)　オ(於)
　　カ(加)　キ(幾)　ク(久)　ケ(介)　コ(己)
　　サ(散)　シ(之)　ス(須)　セ(世)　ソ(曾)

タ(多)　　チ(千)　　ツ(州)　　テ(天)　　ト(止)

ナ(奈)　　ニ(二)　　ヌ(奴)　　ネ(祢)　　ノ(乃)

ハ(八)　　ヒ(比)　　フ(不)　　ヘ(部)　　ホ(保)

マ(万)　　ミ(三)　　ム(牟)　　メ(女)　　モ(毛)

ヤ(也)　　　　　　　ユ(由)　　　　　　　ヨ(与)

ラ(良)　　リ(利)　　ル(流)　　レ(礼)　　ロ(呂)

ワ(和)　　ヰ(井)　　　　　　　ヱ(恵)　　ヲ(乎)　　ン(レ)

平安後期에는 승려나 학자가 片仮名를 학문에 사용했기 때문에, 説話文学과 歌学書등 片仮名로 표기된 和文이 나타난다. 片仮名는 漢字와 깊은 관계에 있고, 漢字도 和文表記에 사용되어「漢字仮名まじり文」이 성립하는 계기가 되었다.

3-4 仮名의 보조부호

(1) 濁音符(濁点) :「 ゛」

漢字의 訓点에서 생겨난 것으로, 江戸時代부터 일반화되었다.

(2) 半濁音符 :「 ゜」

室町末期의 キリシタン資料에 출현하나, 江戸時代後期부터 일반화되었다.

(3) 発音符 :「レ」「ン」

　平安時代初期에 출현했다.

(4) 促音符 :「ツ」

　江戸時代이후, 점차「ツ」를 小書하게 된다.

(5) 長音符 :「ー」

　明治以後에 일반화되었다.

(6) 反復符号 : 반복부호나 畳字(같은 글자가 겹칠 때) 에 사용된다.

　漢字의 경우는「々」, 仮名의 경우는「ゝ」「く」

3-5 現代仮名遣い

　현대일본어의 音을 표기하는 것이 1986年에 공포된「現代仮名遣
い」인데,「歴史的仮名づかい」를 계승해서 표기하는 부분도 있다.
「歴史的仮名づかい」는 실제의 발음과 너무 달라 아동에게는 너무 복
잡했다.

　　「要=えう」「様=やう」「用=よう」

　　「今日=けふ」「京=きゃう」

　　「蝶々=てふてふ」「町長=ちゃうちゃう」「早朝=さうてう」

그래서 明治33年에는 棒引き仮名づかい(東京 とーきょー)가 등장했으나, 明治41年에는 棒引き仮名づかい가 폐지되어, 東京는 とーきょー에서 とうきゃう가 되었다. 그 후 昭和21年에는 表音的인 仮名づかい를 기본으로 거기에 若干의 歷史的仮名づかい를 가미한「現代かなづかい」가 公布되었는데, 大原則은 발음대로 적는다는 것이었다. 그러나 이것 또한 表音主義와 歷史主義사이에서 혼동을 초래해 不徹底하고 不合理한 면이 있었다. 그래서 결국 昭和61年에「現代仮名遣い」가 公布되었다.

▶「現代仮名遣い(1986)」표기의 기준은 다음과 같다.

(1) 現代日本語의 音韻에 따라 표기한다.
  1) 直音, 拗音, 撥音, 促音을 표기할 경우
     あさひ   きゃ   しんぶん   いっぱい
  2) 長音을 표기할 경우
     ア列長音은 ア列의 仮名에「あ」
     イ列長音은 イ列의 仮名에「い」
     ウ列長音은 ウ列의 仮名에「う」
     エ列長音은 エ列의 仮名에「え」
     オ列長音은 オ列의 仮名에「う」를 붙여서 쓴다.

おか<u>あ</u>さん　　じゃ<u>あ</u>　　おじ<u>い</u>さん　　ち<u>い</u>さくなる　　す<u>う</u>じ

にんず<u>う</u>　　ぎゅ<u>う</u>にゅ<u>う</u>　　おね<u>え</u>さん　　へ<u>え</u>、そうですか

おと<u>う</u>さん　　びょ<u>う</u>いん　　りょ<u>う</u>り

(2) 特定의 語에 대해서는 表記의 習慣을 존중한다.

1) ワ・エ・オ로 발음되는 旧仮名遣い의 は・へ・を는 わ・え・お로 쓴다.

川 = か<u>は</u> → か<u>わ</u>　　　　　　前 = ま<u>へ</u> → ま<u>え</u>

十日 = と<u>を</u>か → と<u>お</u>か　　　魚 = う<u>を</u> → う<u>お</u>

2) 단, 助詞의 경우는 は・へ・を로 쓴다.

私<u>は</u>本屋<u>へ</u>本<u>を</u>買いに行った.

3) 旧仮名遣い의 ぢ・づ는 じ・ず로 쓴다.

地震=<u>ぢ</u>しん→<u>じ</u>しん　　静か=し<u>づ</u>か→し<u>ず</u>か

다만, ち・つ의 連呼에 의해서 뒤의 音이 濁音ぢ・づ가 되는 경우도 있다.

ち<u>ぢ</u>む(縮む)　　　つ<u>づ</u>く(続く)　　　つ<u>づ</u>み(鼓)　　　つ<u>づ</u>り(綴)

二語의 연합에 의해 ち・つ가 濁音이 되는 語중에서도 二語로 분해되는 것은 ぢ・づ로 쓰고, 二語로 분해하기 어려운 것은, じ・ず로 쓴다.

はな＋ち → はな<u>ぢ</u>(鼻血)　うら＋つける → うら<u>づ</u>ける(裏付ける)

そこ＋力 → そこ<u>ぢ</u>から(底力)　はこ＋つめ → はこ<u>づ</u>め(箱詰め)

ちか＋ちか → ちか<u>ぢ</u>か(近々)　にい＋つま → にい<u>づ</u>ま(新妻)

こ＋つかい → こ<u>づ</u>かい(小遣い)　つね＋つね → つね<u>づ</u>ね(常々)

せかい<u>じゅ</u>う(世界中)　いな<u>ず</u>ま(稲妻)　さか<u>ず</u>き(杯)

うで<u>ず</u>く（腕ずく）ゆう<u>ず</u>う(融通)　つま<u>ず</u>く(躓く)　かた<u>ず</u>(固唾)

き<u>ず</u>な(絆)　ほお<u>ず</u>き(酸漿)

4) 長音「お」로 発音되는 歴史的仮名づかい「ほ」는 お로 쓴다.

狼= お<u>ほ</u>かみ → お<u>お</u>かみ　　氷=こ<u>ほ</u>り → こ<u>お</u>り

遠い= と<u>ほ</u>い → と<u>お</u>い

顔= か<u>ほ</u> → か<u>お</u>　　通る= と<u>ほ</u>る → と<u>お</u>る

多い= お<u>ほ</u>い → お<u>お</u>い

大きい= お<u>ほ</u>きい → お<u>お</u>きい　　憤る= いきど<u>ほ</u>る → いきど<u>お</u>る

5) 動詞의 いう는 ゆう라고도 発音하지만, いう라고 쓴다.

ものを<u>いう</u>　　人と<u>いう</u>もの　　<u>いう</u>までもない

こう<u>いう</u>わけ　　どういうふうに<u>言った</u>ものかわからない

※ 「現代仮名遣い」는 清音46 濁音20 半濁音5이고, 「ゐ・ゑ」는 사용하지 않는다. 또한, 「ぢ・づ・を・ぢゃ・ぢゅ・ぢょ」는 現代語音에서는 각각 「じ・ず・お・じゃ・じゅ・じょ」로 発音되므로, 現代音에는 없는 音이다.

3-6 送り仮名

語의 중심부분을 漢字로, 부속부분을 仮名로 표기할 경우, 부속부분의 仮名를 말하는데, 「送り仮名」는 2가지의 커다란 역할이 있다.

(1) 送り仮名를 붙임으로써, 活用変化의 表記가 가능하다.

行<u>か</u>ない　　行<u>き</u>ます　　行<u>っ</u>て　　行<u>け</u>ば　　行<u>こ</u>う

(2) 漢字의 誤読이 없도록 한다.

好き→すき　　　　嫌だ→いやだ

好む→このむ　　　　嫌いだ→きらいだ

▶ 昭和年48년(1973)에 개정된「送り仮名の付け方」의 중요규칙
은 다음과 같다.

(1) 活用이 있는 語는, 活用語尾를 보낸다.

承る　書く　催す　生きる　考える　賢い　荒い　主だ

例外 1)　語幹이「し」로 끝나는 形容詞는「し」부터 보낸다.

著しい　惜しい　悔しい　珍しい　恋しい　新しい　優しい

2)「か/やか/らか」를 포함하는 形容動詞는 그 音節부터 보
낸다.

細かだ　静かだ　和やかだ　華やかだ　明らかだ　柔らかだ

3) 다음의 語는 규칙보다 送り仮名를 많이 보낸다.

教わる　脅かす　食らう　異なる　逆らう　捕まる

群がる　和らぐ　明るい　危ない　大きい　少ない　小さい

冷たい　平たい　同じだ　盛んだ　平らだ　哀れだ　幸だ

幸せだ　巧みだ

(2) 活用語尾이외부분을 포함하는 語는, 포함되어 있는 送り仮名
　　방식을 따른다.

　1) 動詞의 活用形

　　　動かす[動く]　浮かぶ[浮く]　押さえる[押す]　聞こえる[聞く]

　2) 形容詞·形容動詞의 語幹을 포함하는 것

　　　重んずる[重い]　悲しむ[悲しい]　清らかだ[清い]　細かい[細かだ]

　3) 名詞를 포함하는 것

　　　汗ばむ[汗]　先んずる[先]　春めく[春]　男らしい[男]

(3) 活用이 없는 語

　1) 名詞는 送り仮名를 붙이지 않는다.

　　　月　鳥　花　彼

　2) 転成名詞와 派生語의 名詞는 본래語의 送り仮名방식을 따른다.

　　　恐れ　　当たり　　代わり　　向かい

　　　大きさ　　正しさ　　明るみ　　重み　　惜しげ

　3) 副詞·連体詞·接続詞는 最後音節을 보낸다.

　　　必ず　　全く　　来る　　去る　　但し　　且つ　　及び

　　　例外)明くる　　大いに　　直ちに　　並びに　　若しくは

　　　絶えず　辛うじて　　少なくとも　　互いに　　必ずしも

　4) 複合語의 送り仮名는 単独語의 送り仮名표기를 따른다.

　　　申し込む　　長引く　　心細い　　若々しい　　気軽だ

　　　後ろ姿　　墓参り　　生き物　　暮らし向き　　休み休み

　5) 複合語중, 다음과 같은 名詞는 慣用에 따라 送り仮名를 붙이지

않는다.

書留　　売上(高)　　引受(人)　　申込(書)　　待合(室)

取引(所)　　乗組(員)　　取扱(所)　　取扱(店)

(4) 「付表」의 語에 대해서

　1) 다음 語는 다음과 같이 보낸다.

　　浮<u>つ</u>く　　お巡<u>り</u>さん　　差<u>し</u>支<u>え</u>る　　五月晴<u>れ</u>

　　立<u>ち</u>退<u>く</u>　　手伝<u>う</u>　　最寄<u>り</u>

　2) 다음 語는 送り仮名를 붙이지 않는다.

　　息吹　　時雨　　吹雪　　迷子　　行方

4. 로마자

4-1 포르투칼식의 로마자

日本에 로마字가 처음으로 전해진 것은, 室町^{むろまち}末期에 기독교의 선교사들이 布敎를 목적으로 일본어를 배우고 일본어를 로마字로 표기한 辭典이나 敎義書등을 출판하게 되었는데, 천주교관계의 신앙서는 포르투칼식의 로마字로 表記되었다. 이들 로마字는 포르트칼語의 관점에서 日本語의 音声을 표기한 것이다.

        ア行 : a   i   v   ye   vo
        カ行 : ca/qa   qi/qui   cu/qu   qe/que   co
        ガ行 : ga   gui   gu/gv   gue   go
        サ行 : sa   xi   su   xe   so
        タ行 : ta   chi   tsu   te   to
        ハ行 : fa   fi   fu   fe   fo

4-2 Hepburn式(標準式), 日本式, 訓令式

로마字의 철자법에 있어서, 이들 방식의 차이는 주로 サ行과 タ行에 있다.

松島(まつしま): ma tsu shi ma → Hepburn式
　　　　　　　　 ma tu si ma → 日本式, 訓令式

江戸時代에는 蘭学者들이 네덜란드式의 로마字를 사용했고, 幕末에는 미국에서 온 J.C.Hepburn이 『和英語林集成(1867)』이라는 和英辞典을 만들었다. 여기에 사용된 로마字는 子音이 英語, 母音이 이탈리아語를 따르는 방식이다. 1885年에 설립된 「羅馬学会」는 Hepburn式을 채용했고, 雑誌『Romazi Sinsi』에 의한 사람들은 五十音図에 입각한 日本式을 제창했다. Hepburn式은 영어에 입각한 음성적 표기이고, 日本式은 일본어의 音素体系를 반영한 것인데, 이를 통일하기 위해 1954年에 일본정부가 訓令式에 입각한 「ローマ字のつづり方」告示했다. 그러나 駅名이나 地名의 표지판, 표식, 간판, 住所와 氏名 등은 Hepburn式을 많이 사용하고, 초등교육에서는 訓令式이 사용되고 있어 아직도 로마字의 철자법통일은 해결되지 않고 있다.

(1) Hepburn式(標準式)

英語발음을 기준으로 일본어를 표기하므로 실사회에서 많이 사용한다.

サ行 :	sa	**shi**	su	se	so	**sha**	**shu**	**sho**
タ行 :	ta	**chi**	tsu	te	to	**cha**	**chu**	**cho**
ザ行 :	za	**ji**	zu	ze	zo	**ja**	**ju**	**jo**
ダ行 :	da	**ji**	zu	de	do	**ja**	**ju**	**jo**

ワ **wa**　フ **fu**　ヲ **o**

(2) 日本式

　日本語의 音素体系를 반영하므로 日本의 五十音図가 基準이
된다.

サ行: sa   si   su   se   so   **sya**   **syu**   **syo**
タ行: ta   **ti**   **tu**   te   to   **tya**   **tyu**   **tyo**
ザ行: za   **zi**   zu   ze   zo   **zya**   **zyu**   **zyo**
ダ行: da   **di**   **du**   de   do   **dya**   **dyu**   **dyo**
ワ行: wa   **wi**   u   we   **wo**
　　　　　フ **hu**   ヲ **wo**   クヮ**kwa**   グヮ**gwa**

(3) 訓令式

　日本式을 바탕으로 日本語의 音素体系를 더욱 충실히 정리한 것
이다.

サ行: sa   si   su   se   so   **sya**   **syu**   **syo**
タ行: ta   **ti**   **tu**   te   to   **tya**   **tyu**   **tyo**
ザ行: za   **zi**   zu   ze   zo   **zya**   **zyu**   **zyo**
ダ行: da   **zi**   **zu**   de   do   **zya**   **zyu**   **zyo**
ワ行: wa   i   u   e   o   フ **hu**   ヲ **o**

이들 표기의 主要差異를 살펴보면 다음과 같다.

	シ	チ	ツ	フ	ジ	ヂ	ズ	ヅ	ヲ
標準式	shi	chi	tsu	fu	ji	ji	zu	zu	o
日本式	si	ti	tu	hu	zi	di	zu	du	wo
訓令式	si	ti	tu	hu	zi	zi	zu	zu	o

現行 로마자표기는, 五十音図의 規則性을 重視하는 訓令式을 原則으로 하고, 外交関係등 지금까지의 慣例를 바꾸기 어려운 경우에만 表音主義에 의한 Hepburn式을 사용한다는 병용방식을 채택하고 있다.

▶ 撥音, 促音, 長音표기의 차이

新聞(しんぶん): sinbun → 訓令式　　shimbun → 標準式

電報(でんぽう): denpô → 訓令式　　dempō → 標準式

一丁目(いっちょうめ): ittyôme → 訓令式

　　　　　　　　　　　itchōme → 標準式

おばあさん: obâsan → 訓令式　　obāsan → 標準式

4-3 로마자의 약어기능

(1) 頭文字 또는 文字의 一部를 연결하는 方式

CD (Compact Disk = 휴대용 디스크)

IQ (Intelligence Quotient = 知能値数)

GNP（Gross National Product ＝ 国民総生産）

GATT（General Agreement on Tariffs and Trade

= 関税와 貿易에 관한 一 般協定）

UNESCO（United Nations Educational, Scientific and Cultural

Organization ＝ 国際連合教育科学文化機関）

(2) 社名등의 略称

1) 漢語略語

NHK（Nippon Housou Kyoukai ＝ 日本放送協会）

KDD（Kokusai Densin Denwa kabusikikaisha

= 国際電信電話株式会社）

2) 英語略語

JR(＝ Japanese Railways)

JTB(＝ Japan Travel Bureau inc.)

로마字로 표기된 略語는, 국제화와 함께 日本語속에서 커다란 位置를 차지한다.

5. 외래어의 표기

5-1 외래어표기의 특징

外来語는 주로 欧美語에서 일본어에 도입된 것으로 다음의 3種類로 大別된다.

(1) 歷史가 오래되고 日本語에 융합되어 버려, 外来語라고 느낄 수 없게 된 것.
이 경우, 거의 慣用으로 고정되어 있어 平仮名로 표기한다.
たばこ　　かっぱ　　きせる

(2) 外国語라는 느낌을 많이 가지고 있는 것.
이 경우, 原語의 철자나 발음에 가깝게 片仮名로 표기한다.
コンピューター　　フィアンセ

(3) 日本語에 익숙해져 있지만, 아직도 外来語라는 느낌이 남아 있는 것.
オーバー　　　　　ラジオ

5-2 외래어표기의 혼동

(1) 서로다른 文字体系간의 対立

　　1) 漢字와 片仮名 → 倶楽部: クラブ

　　2) 漢字와 平仮名 → 煙草: たばこ

　　3) 片仮名와 平仮名 → タバコ: たばこ

(2) 同一文字体系(片仮名)内의 対立

　　1) 仮名表記의 혼동

　　　　○ ジ와 ヂ의 対立 → <u>ジ</u>ャンパー: <u>ヂ</u>ャンパー

　　　　○ イ와 ヰ의 対立 → ウ<u>イ</u>スキー: ウ<u>ヰ</u>スキー

　　　　○ ン와 ム의 対立 → オリ<u>ン</u>ピック: オリ<u>ム</u>ピック

　　　　○ 長音符号와 母音表記의 対立 → スター: スタア

　　2) 発音(語形)의 혼동

　　　　○ 長音表記 有無의 対立 → データー: データ

　　　　○ 促音表記 有無의 対立 → アッピール: アピール

　　　　○ 清音과 濁音의 対立 → ベット: ベッド

　이와 같은 현상은 日本語의 발음이 흔들리고 있기 때문에, 表記도 흔들리고 있는 것이다. 또, 日本人은 音声level이 아니라, 音素level에서 認知하고 있기 때문에 이러한 혼동이 발생하는 것이다. 이렇듯 外来語의 경우, 그 音을 인정하는 시점에서의 혼동인지, 그것을 表記할 때의 혼동인지가 애매한 것이 많다.

5-3 외래어표기법의 문제점과 유의사항

(1) 外国語音과 日本語音과의 차이를 어떻게 片仮名로 표기할 것인가?

　　原音의 ファ フィ フュ フェ フォ ヴァ ヴィ ヴ　ヴュ ヴェ ヴォ

　　原音의 ティ ディ テュ デュ クァ クィ クェ クォ

　이들을 日本語音에 가깝게 표기하는 것에 抵抗을 느끼는 사람도
있다.

　　ビタミン(vitamin)　ベランダ(veranda)　ビルディング(building)

　　ファインプレー(fine-play)　ジレンマ(dilemma)　ティー(tea)

　　スイッチ(switch)　レモンスカッシュ(lemon-squash)

　　チューブ(*テューブ)(tube)　ヒューズ(*フューズ)(fuse)

　　プロデューサー(*プロジューサー)(producer)

　外来語를 표기할 경우, 「ヰ, ヱ, ヲ, ヅ, ヂ」는 사용하지 않는다.

(2) 서로 다른 文字체계간의 대립에 의한 혼동이 아니라, 동일文字
　　체계(片仮名)내의 대립에 의한 혼동이 많다.

(3) 発音에 결부된 혼동으로, 그 語를 어떠한 発音이라고 認識하고
　　있는가가 애매 한 語에 문제가 있다. 특히, 長音表記의 문제가
　　크다.

(4) 音声表記와 慣用表記·既存表記와의 혼동이 크다. 이것은 原音
尊重의 표기와 既存의 표기와의 충돌의 문제로, 결국 原音主義와
慣用主義와의 문제에 결부된다.

1) 原則的音声표기(左)와 慣用的표기(右)의 대립하는 경우

eve イブ : イヴ, イーブ

stop watch ストップウォッチ : ストップウオッチ

whisky ウィスキー : ウイスキー

interview インタヴュー : インタビュー

Veil ヴェール : ベール

wedding cake ウェディングケーキ : ウエディングケーキ

Venus ヴィーナス : ビーナス

Violin ヴァイオリン : バイオリン

Volume ヴォリューム : ボリューム

bolt volt ヴォルト : ボルト

jerusalem じぇるさぇイェルサレム : エルサレム

film フイルム : フィルム

Tunisia テュニジア : チュニジア

Paraguay パラグァイ : パラグアイ

Hindu ヒンドゥー教 : ヒンズー教

question mark クェスチョンマーク : クエスチョンマーク

elevator エレベーター : エレベータ

computer コンピューター : コンピュータ

2) 原則的표기보다 慣用的표기를 존중하는 경우

ア(a, ia, ea) → ダイヤモンド　ダイヤル　タイヤ　ベニヤ板

ウィ(wi) → スイッチ　サンドイッチ　スイートピー

ティ(ti) → エチケット　スチーム　プラスチック

ディ(di) → デザイン　キャンデー　スタジアム　スタジオ

デュ(du) → ジュース

シェ(she) → ミルクセーキ

ジェ(je) → ゼラチン

ファ(fa) → セロハン

フィ(fi, phi) → モルヒネ

フォ(fo, pho) → メガホン　プラットホーム　ホルマリン

발음(ン) → サマータイム(*サンマータイム)

　　　　　　　イニング(*インニング)

促音(ッ) → アクセサリー(*アクセッサリー)

　　　　　　　フィリピン(*フィリッピン)

長音(ー) → レイアウト　ボウリング　エイト

6. 표기부호

6-1 표의부호

(1)「 」かぎかっこ

会話또는 語句를 인용할 때나, 注意를 환기시킬 때 사용한다.

「この絵は素晴らしい。」と彼は言った。

「けち」と「倹約」とはどう違うか。

(2)『 』ふたえかぎがっこ

「 」속에 語句를 인용할 때나, 単行本인 것을 나타낼 때 사용한다.

「あの人『 行くよ』と言ってました。」と嬉しげに言った。

新村出編 1998『広辞苑 第5版』岩波書店

(3) ( ) まるがっこ

語句나 文을 알기 쉽게 注記를 첨가할 때 사용된다.

現代仮名遣いは昭和61年(1986)に公布された。

(4) ― なかせん   …てんせん

語句설명이나, 말 바꾸기, 여운을 남기고 싶을 때 사용된다.

(5) ～ なみがた

起点과 到着点, 開始시각과 終了시각등을 나타낸다.

(6) 下線 고딕체 斜体 太字등은 文字를 눈에 띄게 해준다.

6-2 단락부호(구독점)

(1) 。まる (句点)

　　하나의 文章을 완전히 끝마칠 때 사용한다.
　　　さくらが咲いた。

(2) 、てん (読点)

　1) 語의 끊김과 계속됨을 분명히 해서, 誤解를 방지하기 위해 사용
　　한다.
　　私は毎朝、起きてから必ず冷たい水を飲むことにしている。
　2) 대등관계에 있는 같은 종류의 語句사이에 사용된다.
　　すべての項目、すべての用法について掲げた。

(3) ・ なかてん (中点)
　　名詞를 병렬할 경우에 사용한다.
　　　助詞の「で」は、原因・理由・場所・手段を表すときに
　　　　用いる。
　　　ロ-マ字のつづり方には、訓令式・日本式・ヘボン式の
　　　　三種がある。

단, 名詞이외의 語句나 数詞를 병렬할 경우는 読点을 사용한다.

社会的、歴史的考察。

会員四、五十人です。

(4) 기타

「:」colon구두점　　⇒ 構文의 구두점의 한가지.

「;」semicolon쌍반점 ⇒ 構文의 구두점의 한가지.

그러나 疑問符号「？」感嘆符合「！」는 원칙적으로 사용하지

않는다.

7. 수자

7-1 한수자와 양수자

数字에는 漢数字(一,二,百,千)와 洋数字(1,2,3,4)가 있다.

(1) 横書의 경우, 거의 洋数字를 사용하지만, 관용적인 語나 수량적인
   의미가 약한 語는 漢数字를 사용한다.
   一般   一種独特の   数十人

(2) 数字의 폭을 나타낼 때는, 오해를 피하기 위해 数字의 생략은
   하지 않는다.
   750 - 780円(750 - 80円이라고 쓰지 않는다.)
   80 - 90万トン 또는 八, 九十万トン
   (8 - 90万トン이라고는 하지 않는다.)

7-2 조수사

(1) 사람을 셀 때 : 人
   三人重傷   三百人が集合

(2) 動物을 셀 때 : 匹, 羽, 頭
   일반적인 동물은 「匹」, 조류는「羽」, 큰짐승은 「頭」를 사용한다.

うさぎ三匹　　三十二匹の羊　　昆虫十五匹

すずめ五羽　　百羽のつる　　乳牛五頭　　七頭の象

(3) 物品이나 物体를 셀 때

1) 個 : 不定形의 물품이나 물체를 셀 때

茶わん五個　　　三個のリンゴ

2) 粒 : 동그랗고 작은 물품이나 물체를 셀 때

真珠五粒　　丸薬二十粒

3) 本 : 형태가 긴 물품이나 물체를 셀 때

ネクタイ二本　　数十本の立ち木

4) 枚, 面 : 평면적인 물품이나 물체를 셀 때

一枚の地図　　テニスコート四面

5) 台, 基, 両 : 기계나 기구, 차량 등을 셀 때

カメラ二台　　一基の石塔　　二基の　　クレーン

ガスタンク三基　　原子炉五基　　八両編成の列車

6) 隻, 機 : 선박이나 항공기를 셀 때

七隻の船　　偵察機八機

7) 丁 : 손에 들고 사용하는 기구나 총기 등을 셀 때

すき・くわなど五丁　　小銃十丁

8) 棟, 戸, 軒 : 건물이나 주거의 단위를 셀 때

倉庫一棟　　住宅千戸を新築　　果物屋など四軒

9) 点, 件 : 종류가 다른 물품이나 물체를 일괄적으로 셀 때

衣類・時計・宝石など十数点

土地・建物を含め七件

8. 정서법

8-1 정서법의 확립

英語에는 표기상의 혼동이 없지만, 日本語에는 표기상의 혼동이 있다.

桜が咲いた。桜がさいた。さくらが咲いた。さくらがさいた。

日本語는 중국어의 접촉에 의해 발생했으므로, 言葉(말)은 文字라는 사상이 형성되었다. 「日本」의 경우 「ニホン」인지 「ニッポン」인지 語形의 混同이 존재하며, 「山、やま、ヤマ」와 같이 漢字로 쓸 것인지 仮名로 쓸 것인지의 語表記에 관한 혼동과, 「定年、停年」과 같이 어느 漢字로 쓸 것인가의 語表記에 관한 것 등 많은 문제점을 안고 있다. 이것은 漢字의 image가 있으니까 日本人은 어느 쪽으로 읽든 쓰든 問題가 되지 않았다. 이런 混同에 日本人이 自覚하기 시작한 것은 外国語와의 接触에 의해서였고, 결국 国際化의 観点에서 日本語에 正書法이 확립된 것이다.

8-2 표기에 관한 규칙체계

(1) 文字列의 方向

　전통적인 表記法은 「縱書」로 右에서 左로, 上에서 下로의 대원칙이 있다. 그러나 최근에는 上에서 下로, 左에서 右로의 「橫書」가 주로 사용되게 되었다. 즉, 전통적인 일본어문장표기는 右縱書였지만, 1952年의 「公用文作成の要領」이후, 左橫書가 확립되어 갔다. 특히 컴퓨터의 보급은 이러한 경향을 한층 진행시켰다. 현재 縱書는 新聞이나 雜誌, 문예작품이나 엽서, 국어교과서나 作文등에서 사용되며, 橫書는 사무문서나 리포트, 이력서나 노트메모, 간판이나 포스터 등에서 사용된다.

　橫書는 로마字와 洋数字를 삽입하기 쉽고, 오른손잡이가 많아 집필 중의 문장을 일람하기 쉬우며, 眼球운동이나 可読視野에 利点이 있기 때문에 合埋的이다.

(2) 「常用漢字表」(1981) ： 1945字

　昭和21年(1946)의 「当用漢字(1800字)」「当用漢字音訓表」가 개정된 것으로, 제한의 성격이 완화되어 있다. 이것은 「漢字의 数를 制限한다」는 교육상의 효과와, 漢字의 音読을 한정한다는 2가지의 목적이 있었지만, 漢字의 数를 制限하다보니 다른 当用漢字속에서 사용하게 되는 문제점을 안고 있다.

暗誦→暗承　　稀少→希少　　日蝕→日食

車輛→車両　　混淆→混交　　駿才→俊才

　当用漢字이외의 漢字의 処理方法으로는 2가지가 있다.

1) 비슷한 意味의 漢字로 代用한다.

慾 → 欲, 闇 → 暗, 臆 → 憶, 證 → 証

2) 비슷한 다른 말로 바꾼다.

稠密 → くわしい, 闡明 → 明らめる

当用漢字이외의 漢字가 仮名로 표기되게 되었으며, 形式名詞(物・事・時・所)와 形式動詞(言う・云う・為る・成る・行く)가 漢字에서 仮名로 표기된다.

《参考文献》

加藤彰彦. 1989「文字・表記」『日本語概説』桜楓社

加藤彰彦編. 1989『講座日本語と日本語教育9 日本語の文字・ 表記(下)』明
　　　治書院

小泉 保. 1978『日本語の正書法』大修館書店

国語学会(編). 1980『国語学大辞典』東京堂出版

下田美津子. 1992「文字・表記」『日本語学を学ぶ人のために』世界思想社

武部良明. 1979『日本語の表記』角川書店

武部良明編. 1989『講座日本語と日本語教育8 日本語の文字・表 (上)』明治書院

玉村文郎. 1976「仮名とローマ字」『日本語と日本語教育ー文字・表現編ー』
　　　国立国語研究所

富田隆行・真田和子. 1988『教師用日本語教育ハンドブック2 表記(改訂版国
　　　際交流基金

中田祝夫. 1982 日本語の世界4『日本の漢字』中央公論社

日本語教育学会編. 2005『新版日本語教育事典』大修館書店

沼本克明. 1986『日本漢字音の歴史』東京堂出版

飛多良文編. 2007『日本語学研究事典』明治書院

文部省. 1981『常用漢字表(付 人名用漢字)』大蔵省印刷局

林憲燦. 1999『日本語学概論』不二文化社

제**4**장
어휘

1. 어휘량

　같은 단어가 몇 번 사용되어도 1語로 계산하는 것을 「異なり語数」, 같은 단어라도 사용될 때 마다 加算하는 것을 「延べ語数」라고 하는데, 「異なり語数」로 대표적인 사전의 語彙数를 보면 다음과 같다.

大辞典 750.000語　　　　　日本国語大辞典 400.000語

国語大辞典 245.800語　　　広辞苑 220.000語

新潮国語大辞典 140.000語　大言海 100.000語

岩波国語辞典 60.000語　　　言海 39.103語

宮島達夫(1971)의 주요 古典文学作品에 있어서의 語彙量 조사결과

源氏物語: 11,423語　　　万葉集: 6,505語

枕草子: 5,247語　　　　大鏡: 4,819語

徒然草: 4,242語　　　　古今集: 1,994語

伊勢物語: 1,692語　　　竹取物語: 1,311語

方丈記: 1,148語　　　　土佐日記: 984語

　阪本一郎(1984)는 학습연령기에 도달할 때 까지 幼児의 語彙量은 2,000〜3,000語에 육박하고, 男女의 차이는 다소 있지만 12歳의 小卒 段階에서는 26,000語정도이고, 15歳의 中卒段階에서는 약40,000語, 20歳에서는 48,000〜50,000語에 이른다고 한다.

1-1 기초어휘, 기본어휘, 기간어휘

「基礎語彙」는 일상의 언어생활에 있어서 최저한의 필요성에 의해 선정된 語를 말한다. 분야에 관계없이 어휘가 거의 일정하며, 시대마다 변동이 거의 없다.

「基本語彙」는 어떤 분야에 있어서 사용률이 높은 語의 그룹을 말한다. 語彙의 中核을 담당하는 語의 집합을 말해, 분야마다 차이가 크고 시대마다 변동이 심하다.

「基幹語彙」는 각각의 분야에서 출현빈도가 높고 많이 사용되는 語를 말한다.

国際文化振興会 『日本語基本語彙』 1944年: 2003語
文化庁 『外国人のための基本語用例辞典』 1971年: 3691語
玉村文郎 「日本語教育基本2570語」 『NAFL Institute 日本語教師 養成 通信講座8 日本語の語彙・意味』 アルク 2002年

초급단계에서는 基礎語彙를 중심으로 학습해 나가는 것이 通常이며, 중급단계에서는 교양으로서 중요한 언어분야의 基本語彙를 점차 늘려가며, 상급단계에서는 학습자의 학습목적에 따라 분야별 基本語彙를 더욱 늘려가는 배려가 필요하다.

일본어학습 基本語의 선정은, 현재 일반적으로 사용되고 있는 것으로 표준적이고, 문서체와 회화체 양쪽을 적절히 대표하며, 사용빈도가 높고 사용범위가 넓은 것으로 현장에서 필요성이 있는 것 등이다.

1-2 사용어휘, 이해어휘

「使用語彙」는 말하고 쓰고 해서 사용할 수 있는 어휘를 말하고, 「理解語彙」는 사용하지 않아도 듣거나 읽거나 해서 의미를 아는 어휘를 말한다. 성인의 이해어휘는 약 4万語정도 이지만, 사용어휘는 이해어휘의 30%정도라 추정된다.

국립국어연구소(1984)의 조사결과, 文書体에서는 「する、いる、ある、なる、言う」 등의 基本동사와 「こと、もの」 등의 名詞가 사용빈도가 높지만, 회화체에서는 「これ、この、そう、その」등의 指示語와 「うん、ええ、そう、はい、まあ、あっ」등의 응답이나 감동을 나타내는 感動詞가 사용빈도 높은 것으로 나타났다.

「公用語」는 한 나라에서 多言語가 사용될 경우, 공적인 장소에서의 사용을 정식으로 인정받고 있는 하나 또는 복수의 언어를 말한다. 日本語는 日本国유일의 公用語이며, UN에서는 中国語, 英語, 프랑스語, 러시아語, 스페인語가 公用語이다.

「共通語」는 지역적인 제약을 받지 않고, 어디서나 공통적으로 의사를 교환할 수 있는 언어이다. 中世는 라틴語, 오늘날의 世界는 英語, 日本国内는 東京語이다. 「標準語」는 한 나라의 규범이 되는 언어로서 정식으로 제정된 언어이고, 共通語를 더욱 높인 理想的인 言語로 人為的이라 말할 수 있다.

1-3 구두언어와 서기언어

언어활동의 4기능(말하기, 듣기, 쓰기, 읽기)중에서, 語彙면에서 문제가 되는 것은 口頭言語(話し言葉)와 書記言語(書き言葉)의 사용 구별이다. 国立国語研究所(1980)가 행한 話し言葉의 異なり語数어휘조사를 보면, 和語46.9%, 漢語40.0%, 外来語10.1%, 混種語3.0%이다. 이것은 話し言葉에서는 和語, 書き言葉에서는 漢語가 愛用되고 있다는 것이다. 漢語는 漢字로 표기되어 비교적 音節数가 적은 音読語이지만, 同音語가 많기 때문에 귀로 듣는 것만으로는 理解하기 어려운 語도 많아, 文字를 눈으로 보면서 읽어가는 書き言葉에는 좋지만, 귀로 듣는 話し言葉에는 적합하지 않다. 和語에는 추상적인 사항을 나타내는 語나 전문적인 용어가 적고, 개념적인 내용을 記述하는 書き言葉에는 漢語나 外来語가 등장할 기회가 많아진다.

話し言葉 ： 仕事に取り掛かる。　　書き言葉 ： 仕事に着手する。

話し言葉 ： 試合にまける。　　　書き言葉 ： 試合に敗れる。

話し言葉 ： 荷物を運ぶ。　　　　書き言葉 ： 荷物を運搬する。

話し言葉 ： 事態がもつれる。　　書き言葉 ： 事態が紛糾する。

2. 어형

2-1 일본어어휘의 어형적특징

(1) 固有語는 語頭에 ラ行音과 탁음・반탁음을 취하지 않는다.
「ラッパ、ロケット、ゲンゴ、ピアノ」등은 외래어로서 차입된
것이다.

(2) 畳語나 擬音語・擬態語등이 많다.
　1) 畳語는 多数性(人々), 多回性(泣く泣く), 連続性(広々)등을
　　나타낸다.
　2) 擬音語・擬態語는 청음과 탁음이 語形대립하며, 동시에 의미상
　　대립한다.
　　カタカタ(달그락 달그락) : ガタガタ(덜커덩 덜커덩)
　　カンカン(땡땡) : ガンガン(꽝꽝)
　　コトコト(가볍고 날카롭다) : ゴトゴト(무겁고 둔탁하다)
　　サラサラ(부드럽고 잔잔하다) : ザラザラ(거칠고 심하다)

(3) 3拍語나 4拍語가 많다.
　일본어는 母音数가 5音(アイウエオ)밖에 없고, 총 음운수가 다른
외국어에 비해 적기 때문에, 단어의 음성적구조도 비교적 단순하다.
음절구조는 「子音+母音」의 開音節 1形式이므로, 각 단어를 音節数
(발음의 拍数)로 세는 것이 容易하다.

　林大(1982)가 調査한 『日本語アクセント辞典』의 拍数分布에
의하면, 4拍語가 가장 많고, 3拍語 5拍語 6拍語의 順으로 이들이 전
체의 90%를 차지하고 있다고 한다.

1拍	2拍	3拍	4拍	5拍	6拍	7拍	8拍	9拍	10拍	計
0.3	4.8	22.7	38.8	17.7	11.0	3.3	1.2	0.2	0.1	100

　2拍語의 예 : 山, 川, 星, 花, 月
　3拍語의 예 : つくえ, からす(烏), はやし(林)
　4拍語의 예 : 青空, 新聞, マスコミ
　5拍語의 예 : あたらしい, なさけない, ハーモニカ
　6拍語의 예 : 経済学, クリーニング
　7拍語의 예 : 博多人形, 涙ぐましい

　漢語는 2文字漢語(2字熟語)가 많고, 漢字의 音은 1拍과 2拍이 대
부분이기 때문에, 이들의 결합에 의해서 3拍語나 4拍語가 많아진다.
또, 漢語는 4拍語의 省略形과 4拍語의 造語가 행해진다. 外来語는
日本語에 가장 많은 4拍形式으로 만들어진다.

　万博(=万国博覧会)　　阪神(=大阪神戸)　　生協(=生活協同組合)

　電卓(=電子式卓上計算機)　車検(=車輌検査)　広大(=広島大学)

ハンガーストライキ → ハンスト

マスコミュニケーション → マスコミ

エンジンストップ → エンスト

セクシャルハラスメント → セクハラ

(4) 同音語와 類音語가 많다.

　国立国語研究所의 調査(1964)에 의하면, 「コーショー」로 발음되는 語가 28種(交渉, 公称, 考証, 口承, 高尚, 公証, 校章, 工商, …)이나 되며, 「キコー」로 発音되는 語가 27種(紀行, 機構, 気候, 寄港, 帰港, 寄航, …)이나 된다고 한다.

　1) 同音異義語 : 同音이지만, 전혀 意味가 다르다.

　　「起工 / 紀行 / 気候」 「科学 / 化学(バケガク)」

　　「試案 / 私案(ワタクシアン)」

　　「市立(イチリツ) / 私立(ワタクシリツ)」

　2) 同音類義語 : 同音이고, 意味가 매우 가까운 関係이다.

　　「保障 / 保証 / 補償」「終了 / 修了」

　　「体制 / 体勢 / 大勢」「意思 / 意志」「反則 / 犯則」

　　「追求 / 追究 / 追及」「事典(コトテン) / 辞典(コトバテン)」

　3) 多義語인지 同音語인지 境界가 曖昧한 것

　　「取る, 撮る, 採る, 捕る, 執る, 盗る, 録る」

4) 文書体에서도 ゆれが 생기는 것

「変える, 代える, 替える, 換える」

5) 발음이 비슷한 類音語

「美容院（びよういん） / 病院（びょういん）」「氷（こおり） / 小売り（こうり）」「五億（ごおく） / 業苦（ごうく）」

2-2 어형의 혼동

한 개의 語가 2개 以上의 語形을 가지는 것을 말한다.

(1) 文法上의 혼동

足らない ↔ 足りない　感ずる ↔ 感じる

起きられる ↔ 起きれる

(2) 音韻上의 혼동

さびしい ↔ さみしい　かいい ↔ かゆい

ふんいき ↔ ふいんき　さけ ↔ しゃけ

いたい ↔ いてえ(痛)

(3) 発音의 容易化에 의한 혼동

つまらない → つまんない　あたたかい → あったかい

すみません → すいません

(4) 音節생략과 삽입에 의한 혼동

ほんとう → ほんと　さんざん → さんざ

けっして → けして　まじめ → まじ

すごく → すっごく　まるい → まあるい

にほん → にっぽん　やはり → やっぱり

よほど → よっぽど

(5) 外来語表記의 혼동

シンポジウム ↔ シンポジュウム

コンピューター ↔ コンピュータ

ティーム ↔ チーム　フィルム ↔ フイルム

レポート ↔ リポート

バッグ ↔ バック

(6) 漢字와 仮名表記의 혼동

十分 ↔ 充分　会う ↔ 逢う　青い ↔ 蒼い　書く ↔ 描く

付属 ↔ 附属　語源 ↔ 語原　布団 ↔ 蒲団

明日(あす/みょうにち/あした)　一日(ついたち/いちにち)

心中(しんちゅう/しんじゅう)　大家(おおや/たいか/たいけ)

母音(ぼおん/ぼいん)　輸出(ゆしゅつ/ゆしつ)

刻々(こくこく/こっこく)

3. 어종

   일본어의 語彙는 固有語인 和語와, 借用語인 漢語와 外来語로 크게 나누어진다. 또, 和語・漢語・外来語중 2종이상의 결합에 의해 생긴 語를 混種語라 한다.

3-1 화어

   和語는 일본 고유의 語로서 やまとことば라고도 한다. 중국에서 들어온「うま(馬), うめ(梅), おに(鬼), やなぎ(柳)」등과, 朝鮮語에서 들어온「てら(寺), はたけ(畑), むら(村), かさ(笠), しま(島)」등은 和語로 인식되고 있다.

(1) 和語는 万葉集이나 古今集에서 100%가깝게 사용되다 근대이후 漢語가 急増하게 된다. 일상생활에서 가장 많이 사용되며, 저 연령층에서도 사용률이 높다.

(2) 動詞나 代名詞, 形式名詞나 接続詞, 感動詞나 助詞・助動詞는 거의 和語이다.

(3) 同音語가 많다.
   「いる」：「入る、要る、居る、煎る、炒る、鋳る、射る」

(4) 自然物・自然現象을 나타내는 語가 많고, 抽象概念을 나타내는
    語가 적다.
    「梅雨、春雨、五月雨、時雨、こぬか雨、天気雨、夕立」

(5) 和語는 漢語에 비해 造語力이 약하지만, 転用・転成에 의한 造
    語는 많다.
    「いじめ、おちこぼれ、けじめ、しらけ、みそぎ」등

(6) 和語는 延べ語数에서 가장 많이 사용되고, 語根창조의 능력이
    있다.
    「かちかち、めろめろ、油っぽい、やったっぽい
    (やったらしい)」등

(7) 和語의 語感은 漢語나 外来語에 비해 古風스럽고, 부드러운
    분위기가 있다.
    「婚約者, フィアンセ」보다 「いいなづけ」가 고풍스럽다.
    「接吻」보다 「くちづけ」가 부드러워 선호한다.

(8) 和語는 派生語와 複合語를 만들며, 이때 変音현상이 발생한다.
    山＋さくら → 山ざくら あめ＋みず → あまみず
    さけ＋や → さかや 川＋つり → 川づり 旅＋ひと → 旅びと

3-2 한어

　漢語란 한자로 사용되고 音読으로 읽혀지는 語를 말하며, 和製漢語까지 포함된다. 漢語는 일본인의 교양의 중심적 역할을 해왔기 때문에 外来語와 구별된다.

(1) 중국에서 들어온 漢語

　　漢字를 呉音, 漢音, 唐音으로 읽는 것을 말한다.

(2) 통상, 漢字로 표기되지 않는 漢語

　　僕 → ぼく　　挨拶 → あいさつ　　勿論 → もちろん

(3) 和製漢語

　1) 和語의 한자표기를 音読한 것

　　　かへりごと → 返事(へんじ)　おおね → 大根(だいこん)

　　　火の事(こと) → 火事(かじ)　でばり → 出張(しゅっちょう)

　2) 漢語를 흉내 내어 音読한 것

　　　案内(あんない)　焼亡(しょうぼう)　勘定(かんじょう)

　3) 西欧語의 번역에 의해서 만들어진 것

　　　社会　　恋愛　　哲学　　盲腸

(4) 外来語에 속하는 漢語

　　근대이후 중국어에서 들어온 「チャーハン(炒飯)、ギョーザ(餃子)、マージャン(麻雀)、ラオチュウ(老酒)、ラーメン(拉麺)」 등은 外来語로 분류된다.

(5) 漢語의 特徵

1) 文章語적이며, 名詞가 90%이상을 차지하고 造語力이 강하다.

2) 異なり語数에서는 漢語가 가장 많다.

3) 漢語는 법률・학술분야가 많고, 和語에 비교하면 딱딱하며, 外来語에 비해 古風的인 느낌을 수반한다. 宮島達夫(1971)는 人間활동분야(77%), 추상적 관계(62.8%), 人間활동의 주체(55.9%)등의 順으로 사용된다고 한다.

4) 「する」를 수반해 複合サ変動詞를 形成하고, 形容動詞語幹이 되는 것이 많다. 또 副詞「結局、大体、無論、偶然、大変、到底、多少」나, 接辞「反政府、全日本、計画的、民主化、勤勉性」로도 사용된다.

5) 新漢語에는 「科学、経済、文化、新聞」 등 일본 근대화와 직결되는 것이 많다.

6) 4拍語「大学、国際」등이 半数이상이며, 同音語가 많다.

3-3 외래어

　원래는 외국어인데 日本語로 차용된 것으로, 주로 西欧語의 語形
이나 意味가 日本語化한 것이다. 近代이후 차용된 중국漢語도 外国
語로 간주한다.

(1) 外来語는 新鮮함과 세련된 느낌을 주며, 日本語의 音韻構造에
　　맞게 定着한다. 이때 외래어가 길어지는 것을 3拍~4拍의 생략형
　　으로 사용한다.

　　[reidiou] → ラジオ[radio]

　　[strike] → ストライク[sutoraiku]

　　Arbeit アルバイト → バイト

　　inflation インフレーション → インフレ

　　personal computer パーソナルコンピュータ → パソコン

　　television テレビジョン → テレビ

　　word prosessor ワードプロセッサ → ワープロ

　　comvenience store コンビニエンスストア → コンビに

(2) 和製英語, 즉 일본인이 만들어낸 외래어도 있다.

　1) 스포츠용어

　　　キャッチボール(play+catch) catch ball

　　　　スタートライン(start+line)

　　　　ナイター(nighter+game)

　　　　ポイントゲッター(point+getter)

　　2) 車관련용어

　　　　オートバイ(auto+bike)

　　　　ガソリンスタンド(gas+station)

　　　　ダンプカー(dump+cart)

　　3) 생활용어

　　　　サラリーマン(salaried+man)

　　　　ハイセンス(high+sense)

　　　　ペーパーテスト(paper+test)

　　　　テーブルスピーチ(table+speech)

　　　　ポスト(post: 우편/우편물, 일본어: 우체통)

(3) 原語의 발음이나 문법적요소가 생략된 외래어도 있다.

　　sunglass_es_ → サングラス

　　on _the_ air → オン・エア

(4) 外来語의 80%이상은 英語에서 차용된 것으로 대다수가 名詞이

　　지만, な形容詞나 接頭辞・接尾辞・動詞등도 있다.

　　モダンな　フレッシュな　ポスト_モダニズム_　マルチ_人間_

　　乙女_チック_　コードレス_　アジる(선동하다, 부추기다)

　　サボる(빼먹다, 결석하다)　ダブる(중복되다)

(5) 原語보다 의미가 확대·변화는 경우도 있고, 외래어는 보통 片仮
名로 표기하지만 日本語에 익숙해져 있는 것은 平仮名로 표기것
도 있다.

[strike] → ストライク(야구용어)

　　　　　　ストライキ(동맹파업)

[card] → カード(엽서나 작은 종이)

　　　　　　キャッシュカード や クレジットカード

同原語 → カルタ(carta : 포르투갈어) 歌留多/화투

　　　　　カルテ(karte : 독일어) 진료카드

煙草 → タバコ → たばこ (tabaco : 포르투갈어) 담배

煙管 → キセル → きせる (khsier : 캄푸치아어) 담뱃대

(6) 다른 言語를 結合시킨 外来語도 있다.

テーマソング(thema+song) → 독일어+영어

アンコールアワー(encore+hour) → 프랑스어+영어

ロールパン(rolled+pão) → 영어+포르투갈어

オムライス(omelet+rice) → 프랑스어+영어

(7) 外来語의 流入

　16世紀에는 선교사들에 의해 포르투갈語와 스페인語, 17世紀에는
쇄국정책의 영향으로 네덜란드語, 18世紀에는 英語와 프랑스語, 19世
紀이후에는 英語를 중심으로 독일語 러시아語 이탈리아語등 많은 外
国語가 유입되고 있다. 과학기술의 진보와 국제화에 따라 外来語는
계속해서 증가해 나갈 것이다.

1) 영어系 外来語 : 컴퓨터나 전자, 기술 등 사물의 명칭이나 전문용
   어가 많다.
   ハンカチhandkerchief, ブラシbrush, シャツshirt
   バケツbucket, ブランケットblanket

2) 독일語系 外来語 : 의학용어나 등산용어, 철학 관련어가 많다.
   カルテkarte, ワクチンvakzin, ノイロ-ゼneurouse
   ホルモンhormon, ビールスvirus, ガーゼgaze
   テーマthema, ゼミナールseminar, カリスマcharisma
   イデオロギーideologie, テーゼthese(命題), ザインsein(실체)
   ザイルseil(등산용 밧줄), ピッケルpickel(등산용 지팡이)
   リュックサックrucksack, アルペンalpen

3) 프랑스語系 外来語 : 예술용어나 복식·요리관계의 용어가 많다.
   ロマンroman, ジャンルgenre, アトリエatelier
   デッサンdessin, アンコールencore, シャンソンchanson
   シャクchic, レーヨンreyon(人絹), シュミーズchemise(속치마)
   コロッケcoroquette, オムレツomelette, グラタンgratin
   マヨネーズmayonnaise, シャンパンchampagne

4) 이탈리아語系 外来語 : 음악용어와 요리용어에 편중되어 있다.
   オペラopera, フィナーレfinale, ピアノpiano

チェロcello, ソプラノsoprano, マカロニmakaroni
スパゲッティspaghetti, ピザpizza

5) 포르투갈語系 外来語 : 기독교관계와 무역관계의 語가 많다.
デウスDeus(신), クルスcruz(십자가), パンpa(목양신)
ミサmissa, イデアidea(理念), ドミンゴdomingo(일요일)
カステラcastella, タバコtabaco, ボタンbotao,
ブランコbalanco, カッパcapa(비옷)

6) 스페인語系 外来語
メリヤスmedias, シャボンsabao

7) 네덜란드語系 外来語 : 蘭学을 비롯해, 自然科学 특히 医学이
나 薬의 용어가 많다.
エキスextract, メスmes, コレラcholera, ゴムgom
レンズlens, コンパスkompas, アルカリalkali
アルコールalcohol, テレスコープtelescoop(망원경), ゴムgom
コップkop, ペンキpek, クッキーkoekje, ビールbeer
コーヒーkoffie, ガラスglas, ランプlamp, インキink
オルゴールorgel, ランドセルransel, シロップsiroop
ラッパroeper(나팔), ピストルpistool, マドロスmatroos
ドルdollar, ポンドpond, ゴリラgorilla, ペリカンpelican
カナリヤkanarie(애완용 새), オランウータンorang utan

8) 중국어系 外来語

　マージャン(麻雀), ラーメン(老麺), チャーハン(炒飯)

9) 한국어系 外来語

　チョンガー(총각), オンドル(온돌), キムチ(김치)

10) 러시아語系 外来語 : 노동운동·사상관계의 용어가 특징적이다.

　トロイカtroika(개혁), カンパkampaniya(대중투쟁)

　ウォッカvodka, インテリゲンチャintelligentsiya(지식인)

　ノルマnorma(노동의 기준량)

3-4 혼종어

　混種語는 語種이 다른 두 개 이상이 혼합되어 생긴 語로 語形이 길며, 経済性의 필요에 의해 그 수는 증가하고 있다.

(1) 漢語+和語 :「重箱読み(앞의 것을 音, 뒤의 것을 訓으로 읽음)」

　　工場(コウば)　先手(センて)　台所(ダイどころ)

　　借屋(シャクや)　本場(ホンば)　頭取(トウどり)

　　両替(リョウがえ)　頭取(トウどり)　胃袋(イぶくろ)

　　円高(エンたか)　労働組合(ロウドウくみあい)

　和語+漢語 :「湯桶読み(앞의 것을 訓 뒤의 것을 音으로 읽음)」

　　結納(ゆいノウ)　場所(ばショ)　身分(みブン)

荷物(にモツ)　消印(けしイン)　手本(てホン)

口約束(くちヤクソク)　相性(あいショウ)

雨具(あまグ)　大型車(おおがたシャ)

(2) 和語+外来語, 外来語+和語

生ゴム　　板ガラス　　生クリーム　　筆ペン　　窓ガラス

バイト先　　ランク付け　　スポーツ靴　　テレビっ子

ドル安　　ハンマー投げ　　プレーする　　アルバイトする

(3) 漢語+外来語, 外来語+漢語

逆コース　　海外ニュース　　原子力エネルギー　　賃金カット

生産システム　　温水プール　　防犯ブザー　　混合ダブルス

リーグ戦　　ムード音楽　　ヒステリー気味　　リズム感

デジタル放送　　オフィス街　　PTA会議　　スピード違反

(4) 3種으로 이루어진 混種語

外来語+和語+漢語：パン食い競走　　テレビ番組

和語+漢語+外来語：大物映画スター　　お子様ランチ

漢語+外来語+和語：年末ジャンボ宝くじ　　林檎入りサラダ

3-5 어종사용과 어감차이

(1) 語種의 사용률

国立国語研究所報告에 의하면, 현대일본어의 경우 文書体에서는 漢語의 사용률이 異なり語数에서는 和語를 상회하지만, 延べ語数에서는 和語가 漢語・外来語・混種語의 합계보다 약간 많다. 따라서 使用頻度가 높은 語는 역시 和語가 중심이다.

어린이들은 和語와 친숙해 사용빈도가 높고, 젊은이들은 유행에 민감하며, 현대적인 감각을 가지고 있기 때문에 노인들에 비해 外来語를 多用하는 경향이 있다.

(2) 語種의 語感차이

    [昼ごはん]과 [ランチ], [いえ]와 [家屋]과 [ハウス]

    [古典]과 [クラシック], [めし]와 [御飯]과 [ランチ]

和語는 보편적인 감각으로 사용되고, 漢語는 공식적인 장소에서 사용되는 고급감이 있고, 外来語는 서구풍의 현대적인 느낌과 세련된 감각이 있다.

漢語나 外来語등의 借用語가 수없이 유입되는 직접적인 원인은, ① 和語만으로는 새롭게 생성되어 들어온 사물의 諸概念을 충분히 대처할 수 없고, ② 이미 존재하는 語의 語感이 오랜 사용으로 실증을 느끼면, 보다 바람직한 語感의 말을 추구하게 되어 새로운 語를 借用

하게 되는데, 和語<漢語<外来語의 순으로 語感이 상승해 간다. 이 것은 語感이나 그 語에 대한 평가가 시간이 경과함에 따라 하락해, 그것을 대신해 새롭게 나타나는 語일수록 가치가 상승한다는 원칙에 따르고 있다.

宿屋 → 旅館 → ホテル의 순으로 어감이 상승해 가기 때문에, 일본인의 의식속에는 和語보다는 漢語나 外来語를 사용함으로써, 보다 지적이고 유능한 사람으로 보이려는 경향이 있다. 그러나 일본어 대한 주체성을 상실할 우려가 있기 때문에 주의를 요한다.

4. 위상

　같은 1인칭대명사라도 회화에서는 「私」, 편지나 서간문에서는 「小生」, 소설에서는 「自分」, 출판물에서는 「著者」, 논문에서는 「筆者」 「論者」등으로 사용된다. 이와 같이 사용分野나 사용場所, 성별이나 연령, 계층이나 직업, 지역이나 집단에 따라 사용되는 어휘차이의 현상을 位相이라 한다.

4-1 지역적인 차이: 방언

　方言은 지역사회에서 사용되고 있는 언어체계전체를 말하는데, 매스미디어의 발달과 PC보급, 교육에 의해 共通語로 접근하고 있다.

　　힘들다 → 東日本「疲れた」　　　西日本「しんどい」
　　고맙다 → 東日本「ありがとう」　西日本「おおきに」
　　그저께 → 東日本「おととい」　　西日本「おとつい」
　　薬　指 → 東日本「くすりゆび」　西日本「べにさしゆび」
　　가　지 → 東日本「茄子(なす)」　西日本「なすび」
　　있　다 → 東日本「いる」　　　　西日本「おる」

　柳田国男는『蝸牛考』에서 발생이 오래된 語일수록 중심에서 먼

地域에 존재한다는 方言周圈論을 주장해, 方言学・民俗学등에 큰 영향을 주었다.

4-2 성의 차이: 남성어, 여성어

男性語는「ぼく、わし、きみ、おれ、おまえ」등의 인칭대명사를 사용하고, 漢語의 사용이 많으며, 난폭하고 야비한 말도 사용한다. 「親父(아빠)、御袋(엄마)、ぶんなぐる、食う、うまい」등도 남성만이 사용하는 어휘이다.

女性語는「わたくし、あたし、うち、あなた」등의 인칭대명사를 사용하고, 부드러운 和語를 多用하며, 겸양어나 공손어 美化語의 사용과 接頭辞「お/ご」의 사용이 많다.

感動詞나 応答詞의 경우도, 남성은「おお、ほう、やあ、おい、こら、うん、いや」등을 사용하고, 여성은「あら、あーら、まあ、ねえ、はい、いいえ」등을 사용한다.

결국 남성어는 남자답고 씩씩한 말투이고, 여성어는 여자답고 상냥하며 품위있는 말투이다.

男性語: おお、たいへんだぞ。

女性語: あら、たいへんよ。

男性語: ほう、それは困ったな。

女性語: まあ、それは困ったわ。

男性語: おい、何を食べようか。

女性語: <u>ねえ</u>、何を食べましょうか。

4-3 연령·직업·계급의 차이

(1) 幼児語 : 한마디 말이나 畳語 귀여움을 동반하는 語등으로, 어른
   들로부터 배운語가 많고, 특히 같은 音을 반복하는 畳語
   를 주로 사용한다.
   マンマ(ご飯)　ブーブー(自動車)　おてて(手)　おめめ(目)
   ワンワン(犬)　にゃーにゃー(猫)　ぱいぱい(乳)　おべべ(着物)
   おみみ(耳)　ねんね

(2) 老人語 : 語感이 古風스러운 語를 사용한다.
   シャボン(せっけん)　飛行場(空港)　百貨店(デパート)
   活動写真(映画)　乗合自動車(バス)　拡声器(スピーカー)
   写真機(カメラ)　いいなずけ(婚約者, フィアンセ)

(3) 学生語
   省略 : コネクション → コネ
   　　　 学生食堂 → 学食
   　　　 一般教養 → パンキョー
   　　　 アルバイト → バイト
   擬態法이나 의미전환 : 涙ぐむ → ウルウル
   　　　　　　　　　　 使えない → 役に立たない

大入관계：留年　浪人　現役　一浪　二浪

마이너스평가 : きしょい(기분 나쁜 사람이나 물건)

　　　　　　ジミー(수수함)

　　　　　　象足(여성의 발목이 굵을 때)

　　　　　　自己中(이기적인 사람)

(4) 職業語

刑 事 語 : ホシ(犯人)

　　　　　ガイシャ(被害者)

　　　　　ハジキ(ピストル)

落語家語 : サラ(첫 번째 출연하는 사람)

　　　　　トリ(마지막에 출연하는 사람)

專 門 語 : 麦粒腫(ものもらい/다래끼)

　　　　　虫垂炎(盲腸/맹장)

　　　　　齲歯(虫歯/충치)

번 역 어 : constant → 常数(수학/물리학)

　　　　　　　　　　恒数(화학)

　　　　　　　　　　定数(공학)

　　　　　　　　　　不変数(경제학)

초밥집語 : あがり(お茶/녹차)

　　　　　むらさき(しょうゆ/간장)

おあいそう(かんじょう/계산)

방송국어 :

あまがさ (야구경기가 비로 취소되었을 때 대신하는 방송)

とちる (배우가 대사를 틀린 것을 가리키는 말)

タコになる (스모선수가 이긴 다음 우쭐해 하는 모습)

(5) 隠語

은어란 집단내부의 비밀유지와 집단구성원의 연대감을 강하게 하기 위해, 인위적으로 만들어진 特殊한 語를 말하는데, 집단외부의 사람이 들어서는 곤란할 때 사용된다. 야채가게와 생선가게에서도 손님이 가격을 알지못하도록 특별한 말을 사용하는 경우도 있다.

  1) 音節의 倒置 :「逆さ言葉」라고도 한다.

   ショバ(場所) ドヤ(宿) ネタ(種) レコ(これ) エンコ(公園)

   トウシロ(素人) グリハマ(はまぐり) ノガミ(上野) ザギン(銀座)

  2) 音節의 생략

   ノコ(鋸) ポリ(ポリスマン) サツ(警察) ムショ(刑務所)

   ヤク(麻薬) デカ(クソデカ/刑事) ジュク(新宿)

  3) 형태나 色彩의 비유

   白茄子(卵) 踊り子(どじょう) ムラサキ(醤油)

   サクラニク(馬肉) カラス(冬服巡査)

  4) 연상

   カニ(鋏) 泣き面(蜂) ドロン(行き方をくらます)

5) 습관적사용

　　ブンヤ(新聞記者)　ドス(刃物/短刀)　シャリ(米-흰쌀밥)

6) 女房詞 : 室町時代初부터 궁중의 여성 사이에서 사용된 일종의

　　　　隱語를 말한다.

　　寿司 → すもじ　浴衣 → ゆもじ　杓子 → しゃもじ

　　髪 → かもじ　鮪 → たもじ　だんご → いしいし

　　豆腐 → おかべ　にら → ふたもじ

現在까지 女性語로서 生命을 유지하고 있는 것도 있다.

　　おひや(냉수)　おぐし(남의 머리)　おあし　おてもと

　　おでん　おかず　おいしい　ひもじい(배고프다)

　　おめもじ(만나 뵘)　おはもじ(부끄러움)

4-4 忌詞, 차별어, 미화어

(1) 忌詞는 불길함을 연상시켜 사용을 금하는 말을 말한다.

　1) 결혼식이나 문상 때 등에 피하는 말

　　「切れる, 離れる, 壊れる, 別れる, 返す, 帰る, 崩れる,

　　戻る, 破れる, 追って, 重なる, 重ね重ね, たびたび,

　　出る, 再び, 去る」

　　또, 결혼식에서는 「終わる　閉じる」대신, 「お開きにする」를

사용한다.

2) シ의 音은 死를 연상시켜

「四」 → 「ヨ」, 「死ぬ」 → 「なくなる」로 말한다.

3) 「梨」는 「無し」와 통한다 하여 「有りの実」가 쓰이고, 「筲」는

「骨」와 통한다 하여 「シャク」가 쓰인다.

4) 「擦る」의 의미를 싫어해

すり鉢 → あたり鉢, するめ → あたりめ,

すずり箱 → あたり箱

5) 「蛇」는 「クチナワ, ナガモノ, ナガムシ」로 사용되고,

「鼠」는 「ヨメノコ, アネサマ, ヨメノキミ」로 사용된다.

(2) 差別語는 특히 매스컴에서의 사용이 問題가 되는 것이 많다.

1) 사람 : くろんぼ → 黒人　めくら → 目が見えない者

つんぼ → 耳が聞こえない者　老婆 → 老女

不具 → 障害　おし → 口がきけない者

2) 직업 : 百姓 → 農家　バタ屋 → 廃品回収業

炭鉱夫 → 炭鉱労働者　女中 → お手伝いさん

女工 → 女子従業員　掃除夫 → 清掃作業員

3) 여성 : 女子供　女だてらに　女のくせに　女の腐ったような

女々しい　出もどり(이혼녀)　オールドミス

4) 지역, 나라 : 「表日本 → 太平洋側」

「裏日本 → 日本海側」

「後進国 → 開発途上国」

「未開国 → 発展途上国」

☞ 한국의 경우 : 불구자 → 장애인

벙어리 → 청각장애인

장님 → 시각장애인

미국의 경우 : old people → senior citizens

(3) 美化語는 대상을 품위있게 美化해서 말하는 것으로 上品語·品位語를 가리킨다. 즉, 「お」「ご」가 청자에 대한 敬意가 아니라, 화자의 고상한 말투를 위한 수단으로 사용되는 것을 美化語 라고 한다. 「お」는 和語, 「ご」는 漢語에 붙여서 사용되는데, 가장 一般的인 美化語는 다음과 같다.

1) 男女모두 「お/ご」를 붙이는 것이 일반적인 것.

お祝い　　お茶　　おまつり　　お寺　　ご祝儀

おやつ　　おなら　　お休み　　お手洗い　ご飯

2) 男性은 모르지만, 女性은 「お/ご」를 붙이는 것이 일반적인 것.

お菓子　　お金　　お米　　お刺身　　おせんべい

3) 男女差보다 오히려 個人差, 場面差에 의한 것.

お味　　　お花　　お水　　ご近所

4) 女性이 「お」「ご」를 붙여도 부자연스럽지 않은 것.

お財布   お醬油   お大根

おビール   おソース   おトイレ   おズボン

5)「お」「ご」가 다붙어 사용되는 것.

お返事   ご返事

6) 漢語라도 漢語的인 의식이 약한 것은 「お」가 붙는다.

お宅   お盆   お肉   お客   お礼

7) 日常生活에서 잘 쓰이는 말은 漢語라도 「お」가 붙는다.

お風呂   お弁当   お世話   お洋服   お蒲団

お電話   お時間   お料理   お食事   お勉強

4-5 신어의 등장

新語란, 언어사회에서 새롭게 존재가 승인된 語를 말한다.

(1) 新語발생이유

1) 新事物·新概念을 나타내기 위해

「与論 → 世論」「便所 → トイレ·WC→洗面所·化粧室」

「CM業界, 芸能界」「IT革命, 電子マネー」

2) 사회적인 話題語를 나타내기 위해

「狂牛病」「抵抗勢力」「學級崩壊」

(2) 新語의 造語方式

1) 전혀 새로운 語를 創造할 경우

「ミルミル, ノモノモ」(商品名) : 擬音語, 擬態語, 感動詞가 많다.

2) 既存의 語를 利用할 경우

① 借用 : 外来語를 利用하는 方法. 「リンク」

② 隠語(やばい)나 方言(しんどい), 古語(大臣)을 利用

③ 合成 : ニュース速報, ワンマンカー, Jリーグ

④ 派生 : 接辞(未来的)나 活用語尾(ダブる, ラフな)를 附加

　　　하는 方法.

⑤ 省略 : 前略 → (フラット)ホーム

　　　　中略 → 警(察)官

　　　　後略 → 特急(列車)

　　　　前後略 → (航)空母(艦)

⑥ 伝用 : 既存의 意味를 전용한 것

　　　　「肩たたき(肩をたたく → 退職を促す)」

5. 어구성

　語의 형태적인 구성요소는 「形態素」인데, 형태소 중 기본적인 소재개념을 나타내는 최소형식은 「語基」이고, 파생적인 소재개념이나 문법적기능을 담당하는 최소형식은 「接辞」이다.

　語基는 語의 의미중심이 되는 부분으로 단독으로 단어를 구성하지만, 接辞는 단독으로 단어를 구성할 수 없다. 語는 크게 하나의 語基로 되는 単純語와, 2개 이상의 語로 구성되는 合成語로 분류된다. 合成語는 하나의 語基와 接辞로 구성되는 派生語, 2개 이상의 語基로 구성되는 複合語, 동일 語基가 결합한 畳語로 분류된다.

```
      ┌ 単純語: わたし  つくえ  走る  飛ぶ  高い  もし
      │       ┌ 派生語: お-店  妹-さん  お-嫁-さん
語 ┤       │
      └ 合成語 ┤ 畳語: 人-びと  ほの-ぼの  ます-ます
              │
              └ 複合語: 円-高  人-力  川-下り  手-足  出-入り
```

5-1 어휘의 조어방식

(1) 複合語

　1) 統語構造 : 단어와 단어가 主述관계나 修飾관계에 있다.

　　① 主述관계

　　雪どけ, 名高い, 水たまり, 値上がり

② 体言수식

　　ビデオ教材, 贈り物, 美人, のろのろ運転

③ 用言수식

　　月見, 金持ち, 船下り, 鉄板焼き, 心がけ, 船積み, 花見

　　湯わかし, 名づける, 肌ざわり, 浜焼き, 棚下ろし, 霜枯れ

④ 修飾-被修飾의 관계

　　重苦しい　早起き　歩きまわる

2) 並列構造 : 단어와 단어가 대등관계에 있다.

① 類義적 관계

　　都市, 衣食住, 死亡, 奪い取る, 延長

② 対義적 관계

　　首尾, 長短, 増減, 天地, 開閉, 貸し借り, 勝ち負け

(2) 畳語

1) 重複構造 : 같은 語基가 결합해 1語를 이룬다.

① 名詞+名詞

　　山やま, 人びと, 国ぐに, 品じな, 隅ずみ, 時どき

② 動詞+動詞

　　泣きなき, 生きいき, 次つぎ, ますます, のびのび

③ 形容詞+形容詞

　　ちかぢか, ひろびろ, たかだか, うすうす, やすやす

2) 語頭에 濁音・半濁音・ラ行音・拗音이 올 수 있다.

　　ガタガタ　パリパリ　ルンルン　ピューピュー

3) 청각이나 촉각, 인간의 태도를 나타내는 語가 풍부하다.

　① 聴覚을 나타내는 語

　　ミンミン, チュンチュン

　② 触覚을 나타내는 語

　　ネバネバ, ザラザラ, ツルツル

　③ 人間의 態度를 나타내는 語

　　ソワソワ, ノロノロ, ニヤニヤ

(3) 派生語

　1) 단어에 接辞가 붙은 것

　　① 接頭辞+単語

　　　まっ黒, す足, お宅, ご飯, たやすい, みこころ, ぶっ倒れる,

　　　不利益, 小川, 無気力, 非人情, 未成熟, 大規模, 有意義

　　② 単語+接尾辞

　　　あなたがた, じまんげ, 大人ぽい, 涙ぐむ, 春めく, さかな屋,

　　　田中さん, 食事代, 印象的, 機械化, アルカリ性

　　③ 接頭辞+単語+接尾辞

　　　お-嫁-さん, お-み-くじ

　2) 품사의 전성에 의해 생긴 語

　　読む → 読み 話す → 話し 動く → 動き 深い → 深み

　　エレガントだ → エレガントな 明るい → 明かるさ

　3) 接中辞나 助辞에 의한 것

　　あまり → あんまり　　やはり → やっぱり

　　やっくり → やっくりと　　ほん → ほんの

(4) 略語: 단어의 일부를 생략한 것

盛りそば → 盛り

うなぎどんぶり → うなどん

牛肉どんぶり → 牛丼

天ぷらどんぶり → 天丼

東京大学 → 東大

早稲田大学 → 早大

民間放送 → 民放

Nippon Hoso Kyokai → NHK

インフレーション → インフレ

ストライキ → スト

特別急行列車 → 特急

入学試験 → 入試

5-2 합성어의 변음현상

(1) 액센트의 変化

お+くすり → おくすり　　あさ+かお → あさかお
やま+のぼり → やまのぼり

(2) 連濁

ほん+はこ → ほんばこ　　あお+そら → あおぞら
ひと+ひと → ひとびと　　くも+かくれ → くもがくれ

(3) 母音交替

　　e → a: 雨ame + 雲kumo → amagumo

　　　　　　雨ame + 水mizu → amamizu

　　o → a: 白siro + 雪yuki → sirayuki

　　　　　　白siro + たまtama → siratama

　　i → o: 木ki + 陰kage → kokage

(4) 子音添加(音挿入)

　　真ma + 中naka → mannaka

　　春haru + 雨ame → harusame

(5) 音節脱落(同音節의 중복을 피한다)

　　川kaɸa + 原ɸara → 川原kaɸara

　　薬kusuri + 師si → 薬師kususi

(6) 音韻縮約

　1) 母音脱落

　　　手te + 洗いarai → たらいtarai

　　　荒ara + 磯iso → 荒磯ariso

　　　かくkaku + あるaru → かかるkakaru

　2) 連母音의 単母音化에 의한 縮約

　　　長naga + 雨ame → 長雨nagame

期ki + 至るitaru → 来るkitaru

(7) 音便化

ふみ + はる → ふんばる　　ぶち + なぐる → ぶんなぐる

かみ + さし → かんざし　　ひき + つかむ → ひっつかむ

つき + たち → ついたち　　いも(妹) + ひと → いもうと

(8) 連声 : 전항요소의 末尾子音[m, n, t]가 후항요소 앞에 반복되는

현상.

いん(因) + えん(縁) → いんねん　　in+en → innen

さん(三) + い(位) → さんみ　　san+i → sanmi

はん(反) + おう(応) → はんのう　　han+ou → hannou

てん(天) + おう(皇) → てんのう　　ten+ou → tennou

かん(観) + おん(音) → かんのん　　kan+on → kannon

せつ(雪) + いん(隠) → せっちん　　setu+in → settin

(9) 反濁音化 : 후항요소의 두음절이 ハ行音에서 パ行音으로 바뀌는

현상

ぶち + はなす → ぶっぱなす

あけ + ひろげ → あけっぴろげ

5-3 한어의 어구성

(1) 主述관계 → 「AがBである」「AがBする」

年長　地震　日没　消息不明　大器晩成　意味深長

(2) 修飾관계 → 「AのB」「Aの状態でBである」

近所　最古　打者　南極　造花　魚料理

(3) 並列관계 → 「AとB」「AでBである」

　1) 反義관계

生死　内外　公私　栄枯盛衰　喜怒哀楽　針小棒大

　2) 類義관계

河川　児童　市町村　粉骨砕身　絶体絶命　適材適所

　3) 同義관계

山々　　国々　　人々

(4) 補足관계 → B가 A를 보충한다.

「BをAする」: 読書　　求人　　失望

「BにAする」: 就職　　登山　　帰国

「BがAする」: 立春　　落雷　　絶命

(5) 認定관계 → 어느 한쪽의 판단을 다른쪽에서 내린다.

부사적 의미 : 急性　　突如　　質的　　整然

부정의 의미 : 無限　　未知　　非凡　　不正

肯定判斷 : 可憐　　有害　　当然

(6) 3文字이상의 熟語省略

特急(特別急行) 国連(国際連合) 定休(定期休業) 学割(学生割引)

中学(中等学校) 高校(高等学校) 国連(国際連合) 民放(民間放送)

(7) 3字熟語

1) 接頭語의 형태로 意味를 더해주거나, 부정판단을 해줌

再確認 大自然 美意識 急斜面

不合理 無意識 無責任 非公式 未完成 未成年

2) 接尾語의 형태로 意味를 더해주거나, 부사적 의미를 더해줌

報道陣 必需品 人間愛 専門家

社交性 効果的 合理化

3) 3字의 漢字가 대등하게 구성

上中下 大中小 松竹梅 天地人

5-4 외래어의 어구성

(1) 語形省略

platform プラットホーム → ホーム

inflation インフレーション → インフレ

seminar ゼミナール → ゼミ

personal computer パーソナルコンピュータ → パソコン

radio cassette ラジオカセット → ラジカセ

permanent wave パーマネントウエーブ → パーマ

demonstration デモンストレーション → デモ

mass communication マスコミュニケーション → マスコミ

(2) 頭文字에 의한 略号

Office Lady → OL

North Atlantic Treaty Organization → NATO

Public Relation → PR

Parent-Teacher-Association → PTA

(3) 連語를 複合化해서 語形을 간단히

ham and eggs → ハムエッグ

corned beef→ コンビーフ

frying pan → フライパン

engagement ring → エンゲージリング

(4) 和語와 漢語의 複合語

電気スタンド　　アート紙　　ローカル線

(5) 疑似略語

酎ハイ　　カラオケ　　ピンぼけ(핵심에서 벗어남)

6. 한국어어휘와의 차이

(1) 敬語의 차이

  일본어는 연령이나 직위에 관계없이 「うち(우리)」인지 「そと(남)」
인지의 틀에서 相対敬語를 사용하지만, 한국어는 가족이나 친지에게
조차도 연령이나 직위가 우선시 되는 絶対敬語를 사용한다. 또, 일본
어는 助詞에 경어가 없지만, 한국어는 「가/이→께서」, 「에게→께」와
같이 助詞에도 경어가 존재한다.

  아버님께서는 아직 안 돌아오셨어요.
  선생님께 말씀드렸습니다.

(2) 生物과 無生物의 구분

  일본어에는 存在와 非存在를 나타낼 때 生物 「いる/いない」와 無
生物 「ある/ない」을 구분해서 사용하지만, 한국어는 그 구별이 없다.
그러나 助詞에는 生物과 無生物의 구분이 있다.

  친구가 우리 집에 와 있다. 내일까지 **시간**이 없다.
  정원에 **나무**가 10그루 있다. 안에는 **아무**도 없다.
  꽃에 물을 준다. 돈은 **나**에게 있다.
  친구한테 듣다. 벌레가 **구멍**에서 나왔다.

(3) 漢字語의 차이

　1) 同音異議語(J는 일본어, K는 한국어)

　　愛人 : 불륜의 상대(J)　　연인(K)

　　人事 : 인간사회의 일어나는 일(J)　　인사(K)

　　陽気 : 밝고 쾌활한(J)　　남성의 정력(K)

　　外人 : 외국사람(J)　　관계없는 사람(K)

　　大丈夫 : 걱정 없는 일(J)　　훌륭한 남자(K)

　　親分 : 그룹의 우두머리(J)　　친밀함(K)

　　家内 : 아내(J)　　가족/가정(K)

　　女中 : 가정부/여자종업원(J)　　여자중학교(K)

　　病身 : 병든 몸/병약함(J)　　신체장애자(K)

　2) 同義異字語

　　教諭(J) : 教師(K)　　　判子/印鑑(J) : 図章(K)

　　風邪(J) : 感気(K)　　　手紙(J) : 便紙(K)

　　亭主(J) : 男便(K)　　　宛先(J) : 受信処(K)

　　受付(J) : 接受(K)　　　一生涯(J) : 一平生(K)

　　縁談(J) : 婚談(K)　　　親会社(J) : 母会社(K)

　　苦労(J) : 苦生(K)　　　上靴(J) : 室内靴(K)

　　勘定(J) : 計算(K)　　　裁判所(J) : 法院(K)

　　切手(J) : 郵票(K)　　　書留(J) : 登記郵便(K)

　　芸者(J) : 妓生(K)　　　市役所(J) : 市庁(K)

見物(J)：求景(K)　　並木(J)：街路樹(K)

下着(J)：内衣(K)　　刺身(J)：生鮮膾(K)

散髪(J)：理髪(K)　　日本酒(J)：正宗(K)

昼食(J)：点心(K)　　銭湯(J)：公衆沐浴湯(K)

天気(J)：日気(K)　　手荷物(J)：手貨物(K)

友達(J)：親旧(K)　　取締役(J)：理事(K)

紅葉(J)：丹楓(K)　　名前/氏名(J)：姓名(K)

値段(J)：価格(K)　　座布団(J)：方席(K)

自分(J)：自己(K)　　老若男女(J)：男女老少(K)

品物(J)：物品(K)　　海千山千(J)：山戦水戦(K)

遠足(J)：逍風(K)　　長所/短所(J)：長点/短点(K)

3) 日本漢字語를 한국어로 音読하는 경우

身元　見本　見積　気合　内訳　貸切　割当　割増　割引　不渡

生産高　小売　建物　手続　役割　葉書　引上　引下　引受

引揚　入口　十八番　立場　立替　立会　場面　組合　株式

株主　支払　追越　出口　待合室　取締　相乗　品切　呼出　取消

4) 韓国語에서 사용되지만, 日本語에서 사용되지 않는 漢字語

名単(名簿)　精誠(真心)　背反(裏切)　協助(協力)

日語(日本語)　疑心(疑い)　当分間(当分)　公公然(公然)

代身(代わり)　飲食(飲食物)　男学生(男子学生)

日食(日本式)　韓食(韓国式)　女学生(女子学生)　参席(参加)

生日(誕生日) 初等学校(小学校) 高等学校(高校)

別名(あだ名) 境遇(場合) 接待(もてなし)

(4) 固有語의 차이

1) 한국어는 일본어보다 친족용어가 복잡하다.

ちち : 아버지/장인 はは : 어머니/장모 おば : 고모/이모

あに : 형/오빠 あね : 누나/언니 おじ : 큰아버지/작은아버지/
외삼촌

2) 신체명칭의 경우, 한국어는 일본어보다 목 위는 크게, 손발은
작게 구별한다.

かみ/あたま : 머리   くび/のど : 목

て : 손(手)/팔(腕)   あし : 다리(脚)/발(足)

3) 복합동사의 경우, 구성이 다르다.

바라보다(望み見る) : 見渡す

내려다보다(下ろして見る) : 見下ろす

돌려주다(回してやる) : 返す

돌이켜보다(返して見る) : 振り返って見る

빌려주다(借りてやる) : 貸す

도와주다(手伝ってやる) : 手伝う

(5) 誤用의 문제

1) 한국어동사에 일본어동사가 2개 이상 대응하는 경우, 이들의 사
용구별이 어려워 오용이 발생한다.

(라고)한다 : (と)する/言う/思う

돕다 : 助ける/手伝う

사다 : 買う/おごる

알다 : 知る/分かる

되다 : 成る/できる

내리다 : さがる/くだる/おりる

살다 : 生きる/暮らす/住む

뛰다 : 飛ぶ/駆ける

떨어지다 : 落ちる/離れる

받다 : もらう/受ける/～される

통하다 : 通す/通る/通じる

닦다 : 磨く/ふく

찾다 : さがす/訪ねる/(物を)受け取る/(金を)引き出す/見つ
　　　ける

남다 : 残る/余る

당하다 : 当たる/受ける/こうむる

말하다 : 言う/話す/語る告げる/述べる

뜨다 : 浮かぶ/(日が)昇る/(雲が)出る

오르다 : のぼる/あがる

생각하다 : 思う/考える

빠지다 : おちる/抜ける

빼다 : 抜く/(計算で)引く

막다 : 塞ぐ/防ぐ

늘다 : 増える/延びる

잡다 : つかむ/捕まえる/捕まる

뽑다 : 抜く/選ぶ

타다 : 燃える/焼ける

틀리다 : 違う/間違う

* 私の日本語を<u>分かって</u>いますか。(→ 知って)

* 私は彼女に<u>愛をもらいました</u>。(→ 愛されました)

* きのう友達が私の家を<u>探して</u>きました。(→ 訪ねて)

* 月8万円で日本で<u>住んで</u>いくのは難しいです。

  (→ 暮らして)

2) 한국어명사에 일본어명사가 2개 이상 대응하는 경우, 이들의 사
용구별이 어려워 오용이 발생한다.

것(형식명사) : こと/もの/の

기분/마음 : 心/気持/気分/機嫌

소리 : 声/音/話し

선물 : お土産/プレゼント/お祝い

* 私の趣味はテニスをする<u>の</u>です。(→こと)

* 彼女はいつも<u>気分</u>が悪いみたいですね。(→機嫌)

* 大きい<u>音</u>で話さないと聞こえません。(→声)

* 彼女の誕生日の<u>お土産</u>を買いに行きました。

  (→プレゼント)

《参考文献》

秋元美晴. 1998『よくわかる語彙』アルク

金田一春彦. 1988『日本語 新版(上/下)』岩波書店ZZ

国立国語研究所. 1964『現代雑誌九十種の用語用字 第3分冊分析』秀英出版

国立国語研究所. 1980『日本人の知識階層における話し言葉の実態』秀英
　　　　　　　出版

国立国語研究所. 1984『日本語教育のための基本語彙調査』秀英出版

阪本一郎. 1984『新教育基本語彙』学芸図書

柴田 武. 1982「現代語の語彙体系」『講座日本語の語彙 第7巻』明治書院

田中章夫. 1999『日本語の位相と位相差』明治書院

斎藤倫明・石井正彦. 1997『語構成』ひつじ書房

玉村文郎. 1984『語彙の研究と教育(上)』大蔵省印刷局

玉村文郎. 1989『講座日本語と日本語教育 第6巻』明治書院

日本語教育学会編. 2005『新版日本語教育事典』大修館書店

林 大(監修). 1982『図説日本語』角川書店

飛多良文編. 2007『日本語学研究事典』明治書院

宮島達夫(編). 1971『古典対照語い表』笠間書院

宮地 裕. 1982「現代語の語構成」『講座日本語の語彙 第7巻』明治書院

森岡健二. 1987『語彙の形成』明治書院

米川明彦. 1997『若者ことば辞典』東京堂出版

林憲燦. 1999『日本語学概論』不二文化社

제5장
문법

일본어문법은 너무 광범위해서 모두를 개론적으로 설명하는 것 자체가 지면상 容易하지 않기 때문에, 자세한 것은 林憲燦(2007)을 참고하기로 하고 여기서는 일본어의 문법적 특징을 한국어와의 비교대조를 통해 분석해보고 싶다.

1. 대명사의 대응관계

1-1 인칭대명사

	1人称	2人称	3人称			否定称
			近称	中称	遠称	
目上の人 上待	わたくし/ わたし 저/저희	あなた/ おたく 어르신/댁	この方 이분	その方 그분	あの方 저분	どの方/どなた 어느(분/어른)
対等の人 平待	あたし/ ぼく 나/우리	あんた/ きみ 당신/자네	この人 이사람	その人 그 사람	あの人 저사람	どの人/だれ 어느사람/누구
目下の人 下待	おれ/わし 내	おまえ/ きさま 너/너희	こいつ 이(녀석/ 자식/새끼/ 년/놈)	そいつ 그(녀석/ 자식/새끼/ 년/놈)	あいつ 저(녀석/ 자식/새끼/ 년/놈)	どいつ 어느(녀석/자식/ 새끼/년/놈)

(1) 인칭의 경우

日本語에 있어서 「ぼく/おれ/わし」는 男性語, 「あたし」는 女性語, 「わたくし/わたし」는 男女모두 사용가능하지만, 韓国語는 日本語와 같은 남녀의 사용구별을 하지 않는다. 또, 日本語에서는 「わたくしども」「わたし**たち/ら**」「あたし**たち**」「ぼく**たち/ら**」「おれ**たち/ら**」과 같이 각각 선호하는 복수형이 존재하지만, 韓国語는 「저

희들」,「우리들」밖에 존재하지 않고 이들 모두「～들」을 붙여서 복수형을 나타낸다.

그리고 日本語는「自分」이 1인칭으로 사용될 때도 있지만, 이에 대응하는 韓国語의「자기(自己)」는 젊은이들 사이에서 2인칭으로도 사용된다.

　　自分にまかせてください。

　　내가 자기에게 그렇게 말했나?

(2) 2인칭의 경우

日本語에 있어서「あなた」는 대우적으로 中立에 가깝고,「きみ」는 친구나 손아래사람에게 사용한다.「あんた/おまえ/てめえ」는 난폭한 말투로 동료들 사이에서 사용되고,「きさま」는 年輩者만이 사용할 수가 있다. 이들 모두 男性語로서 사용되고 있지만,「おたく」는 女性語로도 사용된다. 한편, 韓国語에는 이러한 구별이 없고, 일반적으로 呼格(vocative:청자를 부를 때 사용하는 표현)으로 사용되는 男性語이다. 복수형은 日本語의 경우「たち」또는「ら」를 붙여서 사용하지만, 韓国語는 모두「～들」을 붙여서 나타낸다. 그리고「あなた」는「ら」가 붙지 않으며, 2인칭대명사는 손위 사람에게 사용할 수 없으므로, 2인칭에 敬意를 나타낼 때는 상대방의 이름이나 職階敬称등을 사용해서 표현한다.

??<u>あなた</u>は今日何時ごろお帰りになりますか。

<u>先生</u>は今日何時ごろお帰りになりますか。

(3) 3인칭의 경우

　화자도 청자도 알고 있는 인물을 가리킬 때, 日本語에서는 일반적으로 「彼/彼女/彼ら/彼女ら/彼女たち」등이 사용된다. 이중에서 「彼女ら/彼女たち」는 先行詞가 女性인 경우에 국한되어 사용되고, 「彼/彼女」는 손위 사람을 가리킬 때는 사용하지 않는다. 日本語에서는 「～さま」「～さん」을 붙여서 待遇의 차이를 나타낼 수가 있고, 「～さん」도 待遇표현이 되지만 이것에 대응하는 韓国語의 「～님」「～씨」의 경우, 「～님」에는 待遇표현이 되지만 「～씨」에는 待遇표현의 의미가 약하다. 또, 「～さん」과 「～님」의 호칭이 유사하면서도 사용방법의 범위가 다르므로 注意가 필요하다.

　　花子<u>さん</u>(→ 花子)　　* 화자<u>님</u>(→ 화자<u>야</u>)

　　* 先生<u>さん</u>(→ 先生)　　先生<u>님</u>(→ * 先生)

　그리고 韓国語는 손아래 사람에게 사용하는 「～녀석/자식/새끼/년/놈」등의 말투가 발달해 있고, 일반적으로 복수형 「～들」은 「～たち」와 달리 有生物뿐만이 아니라 無生物에도 사용된다.

　　参加者<u>たち</u> 참가자들　　その人<u>たち</u> 그 사람들

　　* 品物<u>たち</u> 물건들　　* 本<u>たち</u> 책들　　* 机<u>たち</u> 책상들

그 밖에도, 복수형 「~들」은 표면에 나타나지 않는 話題의 인물이 복수인 것을 나타내는 경우도 있다.

　　모두 열심히 일 들 하고 있습니다.
　　모두 열심히 일하고 들 있습니다.

1-2 지시대명사

	近称	中称	遠称	不定称
事物을 가리킴	これ(ら) 이것(들)	それ(ら) 그것(들)	あれ(ら) 저것(들)	どれ(ら) 아무것(들)
場所, 部分 을 가리킴	ここ 여기/이곳	そこ 거기/그곳	あそこ 저기/저곳	どこ 어디/어느 곳
方向, 選択 을 가리킴	こちら こっち 이쪽	そちら そっち 그쪽	あちら あっち 저쪽	どちら どっち 어느 쪽

指示代名詞의 경우, 그 機能과 用法에 있어서 日本語와 韓国語는 대체로 대응하고 있다. 近称은 화자의 영역에 있는 것을 가리킬 때 사용하고, 中称은 청자의 영역에 있는 것을 가리킬 때 사용한다. 遠称은 화자와 청자 모두의 영역에서 벗어나 있는 것을 가리킬 때 사용한다.

그림이나 사진속의 사람, TV속의 인물, 화자와 청자의 대화소리가 들리지 않는 곳에 있는 사람 등을 가리킬 경우에도 양 언어 모두「これ/이것, それ/그것, あれ/저것」을 사용해서 표현한다.

(写真を見ながら)これは誰ですか。それは私の妹です。

이건(=이것은) 누굽니까. 그건(=그것은) 내 여동생입니다.

向うからやってくる人は誰ですか。あれは清原さんですよ。

저쪽에서 오는 사람은 누굽니까. 저건(저것은)기요하라 씨에요.

視線의 방향을 나타내는「向く/見る/凝視する/注視する」등의 동사가「こっち/이쪽, そっち/그쪽, あっち/저쪽」와 함께 사용되면 方向을 나타내고,「ここ/여기, そこ/거기, あそこ/저기」와 함께 사용되면 場所를 나타낸다.

그러나,「向く」동사는 韓国語와 달리「ここ/そこ/あそこ」와 함께 사용할 수 없다.

説明しますから、こっち/ここを見てください。

설명할 테니까, 이쪽/여기를 봐 주세요.

着替えるから、*あそこ/あっちを向いてください。

옷을 갈아입을 테니까, 저기/저쪽을 향해주세요.

또, 서로 한 쌍의 형태로 組合되어 있는 慣用句의 경우, 양 언어는 순서가 역으로 대응하지 않는다.

体のあちこちが痛い。

몸 <u>여기저기</u>(ここあそこ)가 아프다.

彼女は<u>ああ言えばこう言う</u>。

그녀는 <u>이렇게 말하면 저렇게 말한다</u>(こう言えばああ言う).

<u>あれこれ</u>考えたが、結局決まらなかった。

<u>이것저것</u>(これあれ) 생각했는데 결국 정하지 못했다.

今年は<u>そうこうするうちに</u>、一年が経った。

올해는 <u>그럭저럭하는</u> 사이에(そうああするうちに) 1년이 지나갔다.

娘は<u>あれも買いたいこれも買いたい</u>と言っている。

딸은 <u>이것도 사고 싶고 저것도 사고 싶다</u>고 한다.

「<u>この</u>/<u>ここ</u>+期間名詞、<u>これから</u>、<u>これまで</u>、<u>この間</u>、<u>この前</u>、<u>このところ</u>、<u>ここのところ</u>、<u>この度</u>」 등은 韓国語에서는 指示詞가 대응하지 않는 형태로 사용되므로 注意를 요한다.

<u>この</u>2週間、酒を飲んでいない。

2주 동안 술을 마시지 않았다.

<u>この</u>連休には中国へ行く予定です。

<u>이번</u> 연휴에는 중국에 갈 예정입니다.

<u>ここ</u>3ヶ月間で、体重が五キロも減ってしまった。

3개월 동안 체중이 5kg나 빠졌다.

会議は<u>これから</u>(今から)始まるところです。

회의는 <u>지금부터</u> 시작하려는 참입니다.

<u>これから</u>(今後)悪いことをしてはいけません。

앞으로 나쁜 짓을 해서는 안 됩니다.

これまで(今まで)多くの人が挑戦した。

지금까지 많은 사람들이 도전했다.

この間、ソウルでヨン様にバッタリ会った。

일전에 서울에서 욘사마를 딱 만났다.

この前話したこと何ですが、どうなった。

일전에 얘기한 것 말인데 어찌 되었어.

彼はこのところ元気がないですね。

그는 요즈음 기운이 없네요.

ここのところ雨の日が続きますね。

요즈음 비오는 날이 계속되네요.

このたび、転勤することになりました。

이번에 전근가게 되었습니다.

　日本語는 現場指示의 경우와 文脈指示의 경우 모두「コ・ソ・ア」
의 대립이 존재하지만, 韓国語는「이/그/저」의 대립이 現場指示의
경우는 存在하지만, 文脈指示의 경우는「이(こ)/그(そ)」의 대립밖에
존재하지 않으므로 日本語의 ソ系와 ア系를 혼동하는 한국인학습자
가 많다. 특히, 대화상의 文脈指示에 있어서 화자와 청자가 서로 알고
있는 것으로 인식하고 있는 경우,「あの・あれ・あそこ」가 韓国語
의「저/저것/저기」에 대응하지 않고,「その・それ・そこ」에 해당하
는「그/그것/거기」가 대응하므로 한국인일본어학습자에게 많은 誤用
이 발견된다.

ねえ、昨日見たあの(*その)変な人。今日も学校で見たよ。

글쎄, 어제 본 그(*저) 이상한 사람 말이야, 오늘도 학교에서 보았어.

A1: この前、一緒に飲んだ場所、いいですね。

　　일전에 함께 마신 장소, 좋네요.

B1: あそこ(*そこ)は本当にいいところだよ。

　　거기(*저기)는 정말 좋은 곳이야.

A2: うちのクラスの森山さん、よく遅刻しますね。

　　우리 반 모리야마씨 자주 지각하네요.

B2: あの(*その)人はいつも寝坊するんですよ。

　　그(*저) 사람은 언제나 늦잠자요.

A3: 彼女が結婚すること、皆に言った?

　　그녀가 결혼한다는 거 모두에게 말했니?

B3: いいえ、あの(*その)ことはまだ誰も知らないよ。

　　아니 그(*저)건 아직 아무도 몰라.

화제의 인물에 대해서 화자만이 알고 있는 경우, 양 언어 모두 ソ系列이 대응하지만, 화자와 청자의 공통체험에 관한 사항을 화자가 말할 때는, 日本語가 ア系列을 사용하고 韓国語가 ソ系列을 사용한다.

大学の時、一番親しかった人がいるが、その(*あの)人が今度日本に来るのよ。

대학 때 가장 친했던 사람이 있는데, 그(*저) 사람이 이번에 일본에 와요.

あの(*その)時、あなたに助けて頂いて、本当に嬉しかったです。

그(*저)때, 당신이 도와줘서 정말 기뻤습니다.

　文章에 있어서의 文脈指示의 경우, 토픽과 관련성이 높은 名詞句를 바꿔 말할 때는「この」, 照応名詞句에 기본적 의미를 부여할 때는「その」를 사용한다.

　　昨日、金海警察署は殺人未遂の疑いで無職の男性(35)を逮捕した。調べによると、<u>この</u>(*その)男性は11日午前10時頃、自分の子供を首を絞め殺したという。

　　順子は「あなたなしでは生きられない」と言っていた。<u>その</u>(*この)順子が今は他の男の子供を二人も産んでいる。

　韓国語에서는「이」系列이 前述文脈에 照応하는 用法이 있지만, 日本語의「こ」系列에는 이러한 용법이 없고,「そ」系列이 대응한다.

　　<u>その</u>(*この)人から<u>そんな</u>(*こんな)話を聞くとは夢にも思わなかった。
　　<u>그/이</u> 사람한테 <u>그런/이런</u> 말을 들을 줄은 꿈에도 몰랐다.

2. 조사의 대응관계

2-1 격조사

(1)「が」:「이/가」「을/를」

　격조사「が」는 그 기능과 용법에 있어서, 기본적으로 韓国語의「이/가」에 대응한다. 그러나 양언어가 대응하지 않는 경우도 있어 注意를 요한다.

　　1) 日本語에서는 이중주어를 허용하지 않지만, 韓国語에서는 이중주어도 허용된다.

　　　像は鼻が長い。　코끼리는/가 코가 길다.

　　　彼は頭がいい。　그는/가 머리가 좋다.

　　　日本は寿司が有名だ。　일본은/의 초밥이 유명하다.

　　2) 日本語에서는 대상을 나타낼 경우, ヲ格을 사용하지 않고 ガ格을 사용할 때가 있지만, 韓国語에서는 ヲ格에 대응하는「을/를」이 일반적이다.

　　　私はビールが飲みたい。

　　　나는 맥주를 마시고 싶다. → 希望의 대상

　　　彼は英会話ができる。

　　　그는 영어회화를 할 수 있다. → 可能의 대상

　　　彼女はテニスが上手だ。

　　　그녀는 테니스를 잘 친다. → 能力의 대상

　　　私はデジカメが好きだ。

나는 디지털 카메라를 좋아한다. → 好感의 대상

息子は車<u>が</u>ある。

아들은 차를 가지고 있다. → 所有의 대상

3) 「이/가」는 「～になる」와 「～で(は)ない」構文에도 대응한다.

友人は医者<u>になった</u>。

친구는 의사<u>가 되었다</u>.(*友人は医者<u>が</u>なった)

それは正解<u>では</u>ない。

그것은 정답<u>이 아니다</u>.(*それは正解<u>が</u>ない)

4) 「は」는 「이/가」의 용법으로도 사용되므로, 疑問詞앞과 未知의 것을 가리키는 「は」의 경우, 「が」와의 誤用에 주의해야 한다.

* あの方<u>が</u>(→は)どなたですか。

저분<u>의</u> 어느 분입니까.

* (写真を見ながら)この人<u>が</u>(→は)私の恋人です。

이 사람<u>의</u> 제 애인입니다.

* 「お通し」<u>が</u>(→は/って)何ですか。

「お通し」<u>가</u> 뭡니까.

(2) 「の」:「의」「을/를」「이/가」

1) の格에 대응하는 韓国語의 属格「의」는 중복을 피하려는 특징이 있다.

私<u>の</u>父<u>の</u>かばん。 우리아빠 가방(=私父かばん)

彼女<u>の</u>弟<u>の</u>車。 그녀 남동생 차(=彼女弟車)

2) 所有格으로 명사를 수식하는 경우, の格에 대응하는「의」는
생략된다.

所属関係: 私の学校 우리 학교　　学校の建物 학교 건물

所有関係: 先生のかばん 선생님 가방　私の机 내 책상

人物関係: 日本人の先生 일본인 선생님　彼のお兄さん 그이 오빠

属性と内容: 真珠の指輪 진주 반지　歴史の本 역사 책

全体と部分: 冷蔵庫のドア 냉장고 문　来年の春 내년 봄

作成者: ゴッホの絵 고호 그림　家内の論文 아내 논문

同格: 私が部長の吉本です。 제가 부장 요시모또입니다.

3) 連体修飾句안의 대상격「の」는「을/를(を)」로 나타낸다.

中国語の出来る学生。 중국어를 할 수 있는 학생

英会話の上手な人。 영어회화를 잘하는 사람

ピザの食べたい子供。 피자를 먹고 싶은 아이

お酒の好きな青年。 술을 좋아하는 청년

4) 主語文節로 사용되는 の格은, 한국어에서 생략되거나「이/가」
로 나타낸다.

花の咲く季節がやってきた。 꽃(이)피는 계절이 왔다.

目の大きい少女が立っている。 눈이 큰 소녀가 서 있다.

父の書いた文書はいつみてもりっぱだ。

아빠가 쓴 문서는 언제 봐도 훌륭하다.

(3) 「を」:「을/를」

1) 韓国語에는 이중목적어가 존재하지만, 日本語에는 존재하지 않
는다.

妻はりんご<u>の</u>(*を)皮<u>を</u>むいた。 아내는 사과를 껍질을 벗겼다.

私は友達<u>に</u>(*を)本<u>を</u>買ってやった。 나는 친구를 책을 사 주었다.

2) を格은 일부副助詞의 전후에 올 수 있지만, 「을/를」은 先行이
不可能하다. 또, 格助詞뒤에 「을/를」은 가능하지만, を格은 불
가능하다.

結婚式は親戚<u>を</u>だけ招いた。 *결혼식은 친척을만 초대했다.

彼は日本の歌<u>だけ</u><u>を</u>歌う。 그는 일본노래만을 부른다.

* 学校<u>に</u><u>を</u>行く。 학교에를 간다.

3) を格에 대응하는 対格「을/를」은 일본어에 없는 용법이 있다.

友達<u>に</u>(*を)本を買ってやる。 친구를/에게 책을 사준다.

今から学校<u>に</u>(*を)行く。 지금부터 학교를/에 간다.

スイスへ旅行<u>に</u>(*を)行く。 스위스에 여행을 간다.

日本は五回(*を)旅行した。 일본은 다섯 번을 여행했다.

(4) 「に」:「에」「에게/한테」「을/를」「와/과」「로/으로」「하러」

1) 「に」에 대응하는 「에」는 無生物일때 사용된다.

存在場所: 駅の前<u>に</u>大学がある。 역 앞에 대학이 있다.

動作作用의 時間: 3時<u>に</u>会議がある。 3시에 회의가 있다.

目的場所나 移動場所: 山<u>に</u>登る。 산에 오른다.

範囲나 対象: 私は数字<u>に</u>弱い。 나는 숫자에 약하다.

原因: 寒さに震える。 추위에 떤다.

「에」는 시간을 나타내는 名詞와도 함께 사용가능하지만, 일본어의 「に」의 사용이 제한되므로 注意를 요한다.

    * 来月に(→来月)博多で祭りがあります。

    다음 달에 하까타에서 축제가 있습니다.

    * 今年に(→今年)結婚します。 올해에 결혼하겠습니다.

또, 장소를 나타내는 指示詞「ここ/そこ/あそこ/どこ」에 해당하는 상당하는 「여기/거기/저기/어디」는 助詞「에」를 수반하지 않고 사용된다.

    * それは、あそこ(→あそこに)あります。

    그것은 저기 있습니다.

    * どこ(→どこに/どこへ)行くかまだ決めていません。

    어디가는지 안정해졌습니다.

2) 「に」에 대응하는 「에게/한테」는 有生物일때 사용된다.

    動作相對: 先生に相談する。 선생님에게 의논한다.

    受動의 動作主: 弟が犬にかまれた。 남동생이 개한테 물렸다.

    使役의 行為者: 子供に行かせる。 아이한테 가게 한다.

    対象: 親に逆らう。 부모에게 거역하다.

3) 「に」에 대응하는 「을/를」「와/과」「로/으로」「하러」는 용법을 달리한다.

    動作相對: 恋人に会う。 애인을 만나다.

    比較기준: AはBに等しい。 A는 B와 같다.

변화의 결과: 信号が赤<u>に</u>変わる。 신호가 빨강<u>으로</u> 바뀐다.

選択이나 決定: 私はコーヒー<u>に</u>する。 나는 커피<u>로</u> 하겠다.

用度나 目的: 映画<u>に</u>行く。 영화 보<u>러</u> 간다.

4) 動詞가 必要로 하는 助詞가 일본어는 に格, 한국어는 를 格이나
   が格도 있다.

先週、飛行機<u>を</u>(→に)乗った。 지난주 비행기<u>를</u> 탔다.

私は昨日先生<u>を</u>(→に)会った。 나는 어제 선생님<u>을</u> 만났다.

彼女は母親<u>を</u>(→に)似た顔だ。 그녀는 모친을 닮은 얼굴이다.

娘は今年10才<u>が</u>(→に)なります。 딸은 올해 열 살<u>이</u> 됩니다.

中国旅行<u>を</u>(→に)行ってきました。 중국여행<u>을</u> 다녀왔습니다.

今病院<u>を</u>(→に)通っています。 지금 병원<u>을</u> 다니고 있습니다.

友人が見舞い<u>を</u>(→に)来ました。 친구가 병 문환을 왔습니다.

(5) 「で」: 「에서」 「로/으로」 「에」 「로써/으로써」

1) 「で」에 대응하는 「에서」는 2가지 용법<u>으로</u> 사용.

動作이 행해지는 場所: 図書館<u>で</u>勉強する。 도서관<u>에서</u> 공부한다.

動作의 集団: 会社<u>で</u>補償する。 회사<u>에서</u> 보상한다.

2) 「で」에 対応する 「로/으로」는 5가지 용법<u>으로</u> 사용.

手段이나 道具: ボルペン<u>で</u>書く。 볼펜<u>으로</u> 쓴다.

材料: シャンプー<u>で</u>髪を洗う。 샴프<u>로</u> 머리를 감는다.

原因이나 理由: 胃ガン<u>で</u>亡くなった。 위암<u>으로</u> 죽었다.

範囲나 限度: 25人<u>で</u>募集を締め切る。 25명<u>으로</u> 모집을 마감한다.

様態: 大声<u>で</u>叫ぶ。 큰소리<u>로</u> 외친다.

3) 「で」에 대응하는 「에」「로써/으로써」는 2가지 용법으로 사용.

合計: これは二つで千円だ。 이것은 두개에 천 엔이다.

方法: お金で解決する。 돈으로써 해결한다.

(6) 「と」 : 「와/과」「라고」「∅」「이/가」「처럼」

1) 「と」에 대응하는 「와/과」는 2가지 용법으로 사용.

共同動作의 상대: 花子と結婚する。 화자와 결혼한다.

比較의 대상: 以前と違う。 예전과 다르다.

2) 「と」에 대응하는 「라고」는 引用으로 사용.

「危ない」と叫んだ。 위험하다고 외쳤다.

3) 「と」에 대응하는 「∅」「이/가」「처럼」는 용법을 달리한다.

並列: 春と夏と秋と冬。 봄∅ 여름∅ 가을∅ 겨울.

変化의 결과: 試合は延期となった。 시합은 연기∅ 되었다.

変化의 결과: 氷が水となる。 얼음이 물이 되었다.

状態描写: 山と積もれる。 산처럼 쌓인다.

(7) 「へ」 : 「에」「로/으로」「에게」

「へ」가 「에」에 대응할 때는 目的地나 場所를, 「로/으로」에 대응할 때는 方向을, 「에게」에 대응할 때는 対象을 각각 나타낸다.

イギリスへ午後3時に着く。 영국에 오후 3시에 도착한다.

図書館へ行って勉強する。 도서관에 가서 공부한다.

右へ曲がると、銀行がある。 오른쪽으로 돌면 은행이 있다.

彼女へ手紙を出す。 그녀에게 편지를 보낸다.

(8) 「から」 : 「부터/로부터」「에서」「로/으로」「이/가」

「から」가 「부터/로부터」에 대응할 때는 時間의 起点이나 原因理由를, 「에서」에 대응할 때는 場所의 起点을, 「로/으로」에 대응할 때는 原料나 材料 또는 経由를, 「이/가」에 대응할 때는 動作主를 각각 나타낸다.

今日は9時から営業する。 오늘은 9시부터 영업한다.

不注意から事故を起こす。 부주의로부터 사고를 일으킨다.

駅からタクシーで行った。 역에서 택시로 갔다.

ビールは麦から作る。 맥주는 보리로 만든다.

窓から入った。 창문으로 들어갔다.

あなたから伝えてください。 당신이 전해주세요.

(9) 「より」 : 「보다」「부터」「수밖에」

「より」가 「보다」에 대응할 때는 比較選択의 대상을, 「부터」에 대응할 때는 時間의 起点을, 「수밖에」에 대응할 때는 限定을 각각 나타낸다.

彼は私より金持ちだ。 그는 나보다 부자다.

3時より会議を始めます。 3시부터 회의를 시작합니다.

あきらめるより方法がない。 단념하는 수밖에 방법이 없다.

2-2 取り立て助詞 (副助詞)

(1) 「も」：「도」「이나」

 「も」가 「이나」에 대응할 때는 多量을 시사하는 용법으로 사용되지만,「도」에 대응할 때는 同質이나 並列등 다양한 용법으로 사용된다.

　　多量시사: 1時間も待たされた。한 시간이나 기다렸다.

　　同質: 私も分かりません。저도 모르겠습니다.

　　並列: この頃は肉も野菜も高い。요즈음은 고기도 야채도 비싸다.

　　부드러운 표현: 夏休みもあと一週間だ。여름방학도 일주일 남았다.

　　極端的: 少しも知らなかった。조금도 몰랐다.

　　全面的否定: 何もできない。아무것도 힐 수 없다.

(2) 「さえ」：「조차(도)」「만」「까지」

 「さえ」가 「조차(도)」에 대응할 때는 意外性을,「만」에 대응할 때는 十分条件을,「까지」에 대응할 때는 添加를 나타낸다.

　　この問題は子供さえ分かる。이 문제는 아이조차도 안다.

　　それを見つけさえすればよい。그것을 찾기만 하면 좋다.

　　風も強く、雨さえ降ってきた。바람도 강하고 비까지 내렸다.

(3) 「ばかり」：「만」「정도」「만큼」「막～」「뿐만 아니라」

 「ばかり」가 「만」에 대응할 때는 限定이나 反復을,「만큼」에 대응할 때는 原因이나 理由를,「정도」에 대응할 때는 程度나 分量을,「막～」에 대응할 때는 直後의 時点을,「뿐만 아니라」에 대응할 때는

添加를 각각 나타낸다.

漫画ばかり読んでいる。만화만 읽고 있다.

彼女は笑ってばかりいた。그녀는 웃고만 있었다.

腹を立てたばかりに損をした。화를 낸 것만큼 손해를 보았다.

約30分ばかり待った。약 30분 정도 기다렸다.

買ったばかりの時計。막 산 시계.

英語ばかりか、中国語もできる。

영어뿐만 아니라 중국어도 가능하다.

(4) 기타

「こそ」와 「야/야말로」, 「ほど」와 「정도/만큼」, 「は」와 「은/는」, 「まで」와 「까지」, 「しか」와 「밖에」, 「でも」와 「라도」, 「だけ」와 「만큼」, 「くらい/ぐらい」와 「정도」등은 양언어가 1대1의 대응관계에 있다.

強調: 彼女こそ何も知りません。그녀야 아무것도 모릅니다.

特立: 勉強こそ大事だ。공부야 말로 중요하다.

程度의 비교: 昨日ほどは寒くない。어제 만큼은 춥지 않다.

時間的空間的範囲: 一時間ほどかかる。1시간 정도 걸린다.

主題: 太陽は東から出る。태양은 동쪽에서 뜬다.

動作이 끝나는 場所: 東京まで飛行機で行った。

동경까지 비행기로 갔다.

限定: たった一つしかない。단지 하나 밖에 없다.

選択的例示: お茶でも飲みませんか。녹차라도 마시지 않겠습니까.

程度: すきなだけ食べる。좋아하는 만큼 먹는다.

例示나 比喩: 親指ぐらいの大きさ。엄지손가락 정도의 크기.

「だけ」에 대응하는「만」은「ばかり」「ぐらい」「ほど」「さえ」등과도 대응하므로 사용법에 있어서 注意를 요한다.

* うどんだけ(→ばかり)食べているんです。

    우동만 먹고 있습니다.

* これだけ(→くらい)はできるよ。이것만은 할 수 있어요.

* 昨日だけ(→ほど)は寒くない。어제 만큼은 춥지 않다.

* 時間だけ(→さえ)あれば、もっと書けたのに。

    시간만 있으면 좀 더 쓸 수 있었는데

또, 助詞相当句도 한국어의 영향으로 誤用이 발생하는 경우가 있다.

* 社会をために(→のために)何ができるか。

    사회를 위해서 무엇을 할 수 있는 가.

* 合格という目標を向かって(→にむけて)、

    一生懸命勉強した。

    합격이라는 목표를 향해서 열심히 공부했다.

* 環境問題に対して(→について)話してください。

    환경문제에 대해서 말해 주세요.

2-3 접속조사

(1) 仮定이나 条件의 「と/ば/たら/なら」가 「動詞나 形容詞의 語幹
　　＋(으/하)면」에 대응할 때는 習慣的과 実現完了를, 「指定詞의
　　語幹＋(이)면」에 대응할 때는 話者의 立場을, 「名詞＋라면」에
　　대응할 때는 話題의 提示를 나타낸다.
　　朝起きると、冷水を飲む。아침에 일어나면 냉수를 마신다.
　　一万円ならば、買います。만 엔이면 사겠습니다.
　　家に着いたら、電話してください。집에 도착하면 전화해주세요.
　　雨なら、今日の試合は中止だ。비라면, 오늘 시합은 중지다.

(2) 並行의 「ながら」가 「(으)면서」에 대응할 때는 同時動作이나 逆
　　接을, 「모두/그대로」에 대응할 때는 全部나 存続을 나타낸다.
　　音楽を聞きながら運転する。음악을 들으면서 운전한다.
　　知っていながら知らんぶりする。알고 있으면서 모르는 체 한다.
　　昔ながらのしきたり。옛날 그대로의 관습.
　　兄弟三人ながら天才だ。형제3명 모두 천재다.

(3) 逆接의 「のに」가 「인데도(불구하고)」, 「면서도」에 대응할 때는 不
　　満이나 유감을, 「けれども/が」가 「지만」, 「는데」에 대응할 때는
　　対比를 나타낸다.
　　上手なのに、やらない。잘 하면서도 하지 않는다.

まだ早いのに、もう帰るのですか。아직 이른데 벌써 갑니까.

お金がないのに、ぜいたくする。

돈이 없는데도 불구하고 사치 부린다.

遠いけれど、自転車で行く。멀지만 자전거로 간다.

よくできるが、体が弱い。잘하는데 몸이 약하다.

(4) 原因理由를 나타내는 順接의 「から/ので」는 「(으)니까」 「(으)므로」, 「(으)니」 「기 때문에」에 대응하고, 「て」는 「하고」 「해서」에 대응한다.

危険ですから、触らないでください。위험하니까 만지지마세요.

つまらないから、やめた方がいい。시시하므로 그만두는 게 좋다.

人が多いので、行かない方がいい。

사람이 많기 때문에 가지 않는 게 좋다.

大雪なので、どうしようもない。큰 눈이니 어쩔 수가 없다.

この店は安くて美味しい。이 가게는 싸고 맛있다.

2-4 종조사

가벼운 영탄이나 感動·確認등을 나타내는 終助詞 「ね」의 경우, 「現在形＋ね」는 「군요/네요」, 「過去形＋ね」는 「었/았＋군요/네요」, 推量·未来形은 「겠군요/네요」가 각각 대응한다. 또, 공손함이 없는 「なあ」는 「는 구나」에 대응한다.

彼は人がいいですね。 그는 사람이 좋<u>군요</u>.

これは美味しいですね。 이것은 맛있<u>네요</u>.

昨日事故が起きたんですね。 어제 사고가 났었<u>군요</u>.

今頃家に着いたでしょうね。 지금쯤 집에 도착했<u>겠네요</u>.

よくできるなあ。 잘 하는 <u>구나</u>.

彼は失敗がないなあ。 그는 실패가 없<u>구나</u>.

3. 용언의 대응관계

3-1 구조적특징

일본어와 한국어 用言은「語幹＋接尾辞＋語尾」의 구조를 가지고, 그 순서는 매우 명확하다. 接尾辞는「態＋尊敬(시)＋時制(ㅆ)＋蓋然性(겠)」의 순서로 사용된다.

強要されたでしょう。 강요+당하+시+었+겠지요.

態(Voice)의 接尾辞의 경우, 일본어는 생산적이지만, 한국어는 비생산적이고, 형태적으로 受動과 自動詞、使役과 他動詞의 구별이 애매하다.

開けられる/열리다(受身)　　死なせる/죽이다(使役)

開く/열리다(自動詞)　　殺す/죽이다(他動詞)

開ける/열다(他動詞)　　死ぬ/죽다(自動詞)

양언어 모두 述語動詞에 의한 文統合의 구조를 보면,「語幹 ＋ (態＋尊敬＋時制＋非文末mood＋文末mood・待遇法)」의 순으로 사용된다. 이러한 순서는 객관적인 요소가 주관적인 요소보다 앞에 위치하기 때문이다.

閉じ込めさせておいてしまいたいということもあっただろう。

갇혀 있+게 해+놔버리고+싶을 수도+있었을 것이다.

先生に叱られたことがあるんですよ。

선생님에게 꾸중들은 적이 있어요.

お食事に行かれたんでしょうか。식사하러 가신 걸까요.

お読みになったことだと思います。읽으셨다고 생각합니다.

3-2 「いる」「ある」 동사

　日本語가 存在/所在/所有를 나타낼 경우, 일반적으로 사람이나 動物은 「いる」, 事物이나 植物은 「ある」가 사용되어 그 구분이 있지만, 韓国語는 구분 없이 모두 「있다」를 사용한다. 그러나 「いる」와 「ある」의 사용구분에는 注意해야한다.

(1) 動物의 경우, 스스로 움직임이 있느냐 없느냐에 따라 대응관계가 다르다.

　　あの水族館にはめずらしい魚がたくさんいる。

　　저 수족관에는 희귀한 어류가 많이 있다.

　　あの魚屋には季節の魚がたくさんある。

　　저 생선가게에는 계절의 생선이 많이 있다.

(2) 사람의 경우, 人格취급하느냐 마느냐에 따라 대응관계가 다르다.

あの病室には脳死状態の人が<u>いる</u>。

저 병실에는 뇌사상태의 사람이 <u>있다</u>.

あそこには死体が三体<u>ある</u>。

저기에는 시체가 세 구 <u>있다</u>.

(3) 事物의 경우도, 움직임이 곧 예상되느냐 마느냐에 따라 대응관계
가 다르다.

滑走路にはたくさんの飛行機が<u>いる</u>。

활주로에는 많은 비행기가 <u>있다</u>.

格納庫にはたくさんの飛行機が<u>ある</u>。

격납고에는 많은 비행기가 <u>있다</u>.

道路にたくさんの車が<u>いる</u>。 도로에 많은 차가 <u>있다</u>.

駐車場にたくさんの車が<u>ある</u>。 주차장에 많은 차가 <u>있다</u>.

(4) 所有의 대상이 家族인 경우,「있다」는「ある」에 대응한다.

息子/娘が<u>ある</u>。 아들/딸이 <u>있다</u>.

夫/妻が<u>ある</u>。 남편/아내가 <u>있다</u>.

兄弟/弟/妹が<u>ある</u>。 형제/아우/여동생이 <u>있다</u>.

私には兄弟が5人[<u>ある</u>/いる]。 나에게는 형제가 5명 <u>있다</u>.

私には3人子供が[<u>ある</u>/いる]。 나에게는 3명의 아이가 <u>있다</u>.

(5) 認識의 차이로 구분하는「いる」와「ある」도 있지만, 모두「있다」
에 대응한다.

저기에 택시가 <u>있다</u>.

あそこにタクシーが<u>いる</u>。 → 動体として認識

?あそこにタクシーが<u>ある</u>。

저기에 부서진 택시가 <u>있다</u>.

あそこに壊れたタクシーが<u>ある</u>。 → 静体として認識

＊ あそこに壊れたタクシーが<u>いる</u>。

3-3 「する」「なる」 동사

池上(1981)에 의하면 일본어는 動作主를 나타내지 않는 표현을 선호하는 경향이 있으므로 「なる型言語」이지만, 영어는 動作主를 중심으로 하는 事態表現을 선호하므로 「する型言語」라고 한다.

「する」動詞는 일반적으로 한국어의 「하다」에 대응하고 있지만, 動作主의 행위를 重視할때는 「만들다/치우다」등에 대응하고, 事態実現을 나타낼 때나 대상의 상태변화를 나타낼 때 그리고 事態維持를 나타낼 때는 각기 대응방식이 다르다.

ぼくはハンバーガーに<u>します</u>。 저는 햄버거로 <u>하겠습니다</u>.

私は息子を医師に<u>した</u>。 나는 아들을 의사로 <u>만들었다</u>(作った).

部屋をきれいに<u>した</u>。 방이 깨끗이 <u>치웠다</u>(片付けた).

お会いする日を楽しみに<u>して</u>います。

만날 날을 즐겁게 <u>기다리겠습니다</u>(待ちます).

その話を聞いて花子は顔を赤く<u>した</u>。

그 이야기를 듣고 花子는 얼굴을 붉히었다. → 接尾辞의 첨가

花子はその時、おとなしく<u>して</u>いたらしい。

花子는 그때 얌전히 있었던 모양이다. → 특별한 대응 없음

「なる」動詞는 한국어의 「되다」「지다」에 대응하지만, 変化를 나타내지 않을 때나, 나쁜 상황에 처해 있는 것을 나타낼 때는 한국어 특유의 대응방식이 존재한다.

息子が医師に<u>なった</u>。 아들이 의사가 <u>되었다</u>.

水が氷に<u>なり</u>ました。 물이 얼음이 <u>되었습니다</u>.

部屋がきれいに<u>なった</u>。 방이 깨끗해<u>졌다</u>.

この店のサンドイッチは最近小さく<u>なった</u>。

이 가게의 샌드위치는 최근 작아<u>졌다</u>.

お釣りは700円に<u>なります</u>。 거스름돈은 700엔입니다.

そちらのカバンは3500円に<u>なります</u>。 그쪽 가방은 3500엔입니다.

吉本さんは病気に<u>なり</u>ました。 요시모또씨는 병에 <u>걸렸습니다</u>.

話し合った結果、離婚ということに<u>なった</u>。

이야기한 결과 이혼하기로 <u>했다</u>.

3-4 복합동사(보조동사를 포함)

일본어와 한국어는 보조적인 단어를 포함해 두 단어이상으로 이루어지는 문법적인 형태가 풍부하지만, 서로 相違하는 형태로 대응하는 것

도 많아 注意를 要한다.

(1) 전항동사와 후항동사의 순서가 다른 경우

　　갈아타다(換える+乗る) → 乗り換える

　　내려보다(下ろす+見る) → 見下ろす

　　들이마시다(込む+飲む) → 飲み込む

　　갈아붙이다(替える+張る) → 張り替える

　　내리쬐다(つける+照る) → 照りつける

　　쳐다보다(上げる+見る) → 見上げる

　　내리밀다(付ける+押す) → 押し付ける

　　끌어안다(しめる+たく) → たきしめる

　　cf)이리저리(こっち+あっち) → あちこち

　　여기저기(こちら+あちら) → あちらこちら

(2) 양 언어에 있어서 複合動詞가 구조적으로 다른 경우

　　「〜しつづく」雷が鳴りつづいた。

　　→ 「계속〜하다」続いて雷が鳴った。

　　「〜しつづける」日記を書き続けた。

　　→ 「계속해서〜하다」続けて日記を書いた。

　　「〜しつくす」パンを食べつくす。

　　→ 「다〜하다」すべてパンを食べた。

　　「〜しあげる」論文を書きあげた。

→「다~하다」すべて論文を書いた。

「~しあがる」料理ができあがった。

→「다~되다」すべて料理ができた。

「~しおわる」ベルが鳴り終わった。

→「그만~하다」それまででベルが鳴った。

「~しすぎる」あれは高すぎる。

→「너무~하다」あまりにあれは高い。

「名詞~ぶる」彼は高尚ぶる。

→「~인체/척하다」彼は高尚であるふりをする。

(3) 동작의 進行을 나타내는「ている」는「고 있다」가 대응하지만, 그 밖의 용법으로 사용되는「ている」는 한국어의 경우 동사의 과거형이 대응하는 경우가 많다.

 1) 동작의 진행

   歌をうたっている。노래를 부르고 있다(= 歌を歌っている).

 2) 결과상태

   人が死んでいる。사람이 죽었다(=人が死んだ).
   ボタンが取れている。단추가 떨어졌다(=ボタンが取れた).
   ミカンが腐っている。귤이 썩었다(=ミカンが腐った).
   犬が水に溺れている。개가 물에 빠졌다(=犬が水に溺れた).
   紙袋が破れている。쇼핑백이 찢어졌다(=紙袋が破れた).
   桜の花が咲いている。벚꽃이 피었다(=桜の花が咲いた).

彼の話が合っ<u>ている</u>。그의 말이 맞<u>았다</u>(=彼の話が合っ<u>た</u>).

電気がつい<u>ている</u>。불이 켜<u>졌다</u>(=電気がついた).

彼はやせ<u>ている</u>。그는 야위<u>었다</u>(=彼はやせた).

お客が来<u>ている</u>。손님이 왔<u>다</u>(=お客が来<u>た</u>).

彼女は結婚/離婚し<u>ている</u>。

그녀는 결혼/이혼<u>했다</u>(=結婚/離婚<u>した</u>).

学会に出席/欠席し<u>ている</u>。

학회에 출석/결석<u>했다</u>(=出席/欠席<u>した</u>).

3) 본래상태

彼は母親に似<u>ている</u>。그는 엄마를 닮<u>았다</u>(=彼は母親に似<u>た</u>).

山がそびえ<u>ている</u>。산이 우뚝 솟<u>았다</u>(=山がそびえた).

4) 반복상태

何度もうかがっ<u>ている</u>。

몇 번이나 방문<u>했다</u>(=何度もうかがっ<u>た</u>).

5) 경험이나 경력

大学の時登っ<u>ている</u>。대학교 때 올<u>랐다</u>(=大学の時登っ<u>た</u>).

(4) 한국어의 형용사과거형에 대응하는 일본어의 現在形과「ている」
   形도 있다.

うまくいった。잘 <u>됐다</u>(=うまくてきている).

間違っている。違っている。<u>틀렸다</u>(=間違った/違った).

夜が深けた。밤이 깊<u>었다</u>(=夜が深けている).

元々きれいだ。예쁘게 <u>생겼다</u>(=きれいにできている).

山頂まではまだ遠い。

　산 정상까지는 아직 <u>멀었다</u>(=山頂まではまだ遠かった).

(5) 動作의 状態를 나타내는 「てある」는 韓国語에서 동사의 過去形
　이 대응한다.

　1) 의도적인 결과상태

　　果物がならべ<u>てある</u>。과일이 진열<u>되었다</u>(=果物が並べ<u>た</u>).

　　窓が開け<u>てある</u>。창문이 열<u>렸다</u>(=窓が開け<u>た</u>).

　2) 동작의 완료

　　店を開け<u>てある</u>。가게를 열<u>었다</u>(=店を開け<u>た</u>).

　　彼に言っ<u>てある</u>。그에게 말<u>했다</u>(=彼に言っ<u>た</u>).

　　私は発表し<u>てある</u>。나는 발표<u>했다</u>(=私は発表し<u>た</u>).

　3) 준비상태

　　来る前日本語を習っ<u>てある</u>。

　　일본어를 배<u>웠다</u>(=日本語を習っ<u>た</u>).

　　よく練習し<u>てある</u>。잘 연습<u>했다</u>(=よく練習し<u>た</u>).

　　同僚に打合せし<u>てある</u>。

　　동료에게 의논<u>했다</u>(=同僚に打合せし<u>た</u>).

　　友人に頼ん<u>である</u>。친구에게 부탁<u>했다</u>(=友人に頼ん<u>だ</u>).

　　彼に待たせ<u>てある</u>。그를 기다리게 <u>했다</u>(=彼に待たせ<u>た</u>).

　　お金は用意し<u>てある</u>。돈은 준비<u>했다</u>(=お金は用意し<u>た</u>).

　　彼女に借り<u>てある</u>。그녀에게 빌<u>렸다</u>(=彼女に借り<u>た</u>).

　4) 放任상태

　　　彼に任せてある。 그에게 맡겼다(=彼に任せた).

　　　自由にさせてある。 자유롭게 하게했다(=自由にさせた).

(6) 「てくる」는 한국어동사의 現在形이, 「てきた」는 過去形이 대응
　　한다.

　1) 출현과정

　　　現れてくる。 나타난다(=現れる).

　　　生まれてくる。 태어난다(=生まれる).

　　　うかんでくる。 떠오른다(=浮かぶ).

　　　よみがえてくる。 되살아난다(=よみがえる).

　2) 서서히 변화

　　　増えてくる。 증가한다(=増える).

　　　太ってくる。 살찐다(=太る).

　　　かわいてくる。 마른다(=乾く).

　　　よごれてくる。 더러워진다(=汚れる).

　　　減ってくる。 줄어든다(=減る).

　　　やせてくる。 야윈다(=痩せる).

　　　重くなってくる。 무거워진다(=重くなる).

　3) 동작 작용의 시작

　　　聞こえてくる。 들려온다(=聞こえる).

　　　見えてくる。 보인다(=見える).

　　　わかってくる。 이해한다(=分かる).

雨が降っ<u>てくる</u>。 비가 내린다(=雨が降る).

4) 어떤 시점까지의 事態

成長し<u>てきた</u>。 성장<u>했다</u>(=成長する).

育て<u>てきた</u>。 육성<u>했다</u>(=育てる).

生活し<u>てきた</u>。 생활<u>했다</u>(=生活する).

私は苦労し<u>てきた</u>。 나는 고생<u>했다</u>(=私は苦労した).

少し落ち着い<u>てきた</u>。 조금 안정되<u>었다</u>(=少し落ち着いた).

(7) 「やる」동사의 독특한 용법은 한국어에 존재하지 않<u>으므로</u>, 「する」와의 誤用에 유의해야 한다.

1) 営業이나 生計의 수단으로 사용되는 경우

パン屋を<u>やる</u>。 빵집을 <u>한다</u>(パン屋を<u>する</u>).

株を<u>やる</u>。 주식을 <u>한다</u>(株を<u>する</u>).

レストランを<u>やる</u>。 레스토랑을 <u>한다</u>(レストランを<u>する</u>).

2) 意志를 가지고 어떤 행위를 할 경우

その仕事、<u>やらせていただきます</u>。

그일 <u>하겠습니다</u>(その仕事、<u>します</u>).

先に<u>やらせてもらいます</u>。

먼저 <u>하겠습니다</u>(先に<u>します</u>).

3) 임무를 담당하고 있는 경우

企画を<u>やっている</u>。

기획을 <u>하고 있다</u>(企画を<u>している</u>).

編集委員を<u>やっている</u>。

편집위원을 <u>하고 있다</u>(学会で編集委員を<u>している</u>).

4) 약동감이나 臨場感을 전할 경우

友達が<u>やってきた</u>。친구가 <u>왔다</u>(友達が<u>来た</u>).

バスが<u>やってきた</u>。버스가 <u>왔다</u>(バスか来た).

4. 시제(Tense)와 국면(Aspect)의 대응관계

4-1 기본적인 용법

	形態	時制	用法
日本語	ル形 夕形	非過去 過去	現在, 未来, 本質/真理, 習慣/反復 過去의 動作/状態, 動作完了
韓国語	(ㄴ)다形 았/었다形 겠다形 았었다形 었겠다形	非過去 過去 未来 大過去 過去未来	現在, 未来, 本質/真理, 習慣/反復 過去의 動作/状態, 動作完了 話者의 推定/意志 過去時의 動作完了, 過去時의 経験 過去시점에서의 未来 또는 推定

일본어의 時制(Tense)는 過去·現在·未来를 나타내는 형식이 ル形과 夕形의 대립, 非過去와 過去의 대립밖에 없다. 그러나 한국어는 「非過去(ㄴ다形)」「過去(ㅆ/았/었다形)」「未来(겠다形)」「大過去(았었다形)」「過去未来(었겠다形)」의 5가지 Tense形式이 존재한다.

1) 現在

　　あそこに大きい犬がい<u>る</u>。 저기에 큰 개가 <u>있다</u>.

2) 未来

　　来週彼女が来<u>る</u>。 다음 주 그녀가 <u>온다</u>.

3) 本質/真理

ナイロンは火に<u>弱い</u>。나일론은 불에 약<u>하다</u>.

4) 反復

毎日、午後5時に終<u>わる</u>。매일 오후5시에 끝<u>난다</u>.

5) 過去状態

先週はずっと雨だっ<u>た</u>。지난주는 계속 비<u>였다</u>.

6) 過去動作

昨日は一日中勉強し<u>た</u>。어제는 하루 종일 공부<u>했다</u>.

7) 動作完了

その映画は<u>もう見た</u>。그 영화는 벌써 보<u>았다</u>.

8) 話者의 推定

明日はおそらく雨<u>だ</u>。내일은 아마 비<u>겠다</u>.

9) 話者의 意志

今週の<u>土曜日に行く</u>。이번 주 일요일에 가<u>겠다</u>.

10) 過去時의 動作完了

彼は一時間も立ってい<u>た</u>。그는 한 시간이나 서<u>있었다</u>.

11) 過去時의 経験

子供の頃体がすごく<u>弱かった</u>。어릴 때 몸이 아주 약<u>했었다</u>.

12) 過去시점에서의 推定

午後3時頃、着い<u>た</u>でしょう。오후3시경에 도착<u>했겠</u>지요.

일본어의 Tense는 1)~7)의 7가지 용법으로 사용되고 있지만, 한국어의 Tense는 1)~7)에다 8)~12)를 더한 12가지 용법으로 사용되고 있다.

4-2 일본어와 한국어의 특징

(1) 超時制

　일본어의 「ル形」에는 시간을 초월한 사태를 나타내는 용법이 있어, Tense와 관계없는 일반적인 사실을 나타낼 때가 있는데, 한국어에도 이에 대응하는 「非過去(ㄴ다形)」이 존재한다.

　　酒を飲むと酔<u>う</u>。

　　술을 마시면 취<u>한다</u>.

　　オリンピックは四年に一度開かれ<u>る</u>。

　　올림픽은 4년에 한번 열<u>린다</u>.

(2) 독특한 過去形

　일본어에서는 현재 상태를 「ル形(非過去形)」이 아니라 「タ形(過去形)」으로 나타낼 경우 mood적인 용법으로 사용될 때가 있다. 이 경우, 한국어도 「過去形(ㅆ/았/었다)」이 대응하지만, 절박한 기분을 나타내는 「タ形(過去形)」은 한국어의 命令形과 대응관계에 있다.

　1) 発見

　　こんな所に財布があっ<u>た</u>。이런 곳에 지갑이 있<u>었다</u>.

　2) 反事実

　　彼女は旅行に行くはず<u>だった</u>。그녀는 여행갈 예정이<u>었다</u>.

　3) 確認의 기분

　　会議は明日も2時からでし<u>た</u>か。회의는 내일도 2시부터<u>였</u>습니까.

　4) 절박한 기분

子供はあっちへ行っ<u>た</u>、行っ<u>た</u>。 애들은 저리<u>가라 가</u>

(3) 양언어의 차이

　非過去를 나타내는 한국어의 「ㄴ다形」은 확실한 未来도 나타낼 수가 있지만, 이것에 대응하는 일본어는 「夕形」으로 나타내고 있다.

　　버스가 <u>온다온다</u>(バスが<u>くるくる</u>). バスが<u>来た、来た</u>。

　한국어의 「ㅆ/았/었다形」은 肯定과 否定을 따지지 않고 과거를 나타내지만, 일본어는 「夕形」의 과거부정형을 「ナカッタ」, 완료부정형을 「テイナイ」로 나타낸다.

　　昨日の新聞を読みまし<u>た</u>か。 어제 신문을 읽<u>었</u>습니까. → 過去
　　　はい、読みまし<u>た</u>。 예, 읽<u>었</u>습니다.
　　　いいえ、読ま<u>なかった</u>です。 아니오, 읽지 않<u>았</u>습니다.
　　今朝の新聞を<u>もう</u>読みまし<u>た</u>か。
　　오늘아침 신문을 벌써 읽<u>었</u>습니까. → 完了
　　　はい、<u>もう</u>読みまし<u>た</u>。 예, 이미 읽<u>었</u>습니다.
　　　いいえ、まだ読ん<u>でいません</u>。 아니오, 아직 읽지 않<u>았</u>습니다.

　未来를 나타내는 한국어의 「겠다形」은, 이제부터 일어날 일에 대한 話者의 意志를 나타내는데, 의문문에서는 상대방의 意志를 묻는 것이 된다. 이 경우, 「겠」은 의미적으로는 Tense가 아니라, 話者의 의지나 추측을 나타내는 modality에 관한 기능과 역할을 가진다.

　　지금 가겠다. (今行こうと思う)

　　언제 오겠니?　(いつ来るつもり?)

　　지금 얘기 잘 들으셨겠지요.

　　　　　　　　　(今の話よくお聞きになったでしょう)

　　大過去를 나타내는 「았었다形」은 과거의 어떤 시점에서 동작이 終結한 것을 나타낸다. 동작의 終点에 주목하는 복합과거의 형태로 「그 때는~였는데, 그 후는 다르다」고 하는 의미를 내포한다. 그러나 存在詞「있다(いる/ある)」에는 「았었다形」이 붙지 않고 과거형으로 나타낸다.

　　옛날에는 꽤 잘살았었다. (昔はかなりよい暮らしをしていた)

　　어제 선생님 댁에 갔었다. (昨日先生のお宅へ行って来た)

　　어릴 때 몸이 아주 약했었다. (子供の頃体がすごく弱かった)

　　이 책은 어제 여기에 있었다. (この本は昨日ここにあった)

　　나는 예전에 히로시마에 있었다. (私は以前広島にいた)

　　한국어에 있어서 Tense를 나타내는 연체형어미는 既定形어미「ㄴ/은」, 現在進行形어미「는」, 大過去形어미「던」, 未来形어미「ㄹ/을」등으로 사용된다.

既定形어미 「ㄴ/은」의 경우, 상태를 나타내는 어간에 붙으면 상태의 의미를 나타내지만, 동작을 나타내는 어간에 붙으면 動作完了의 의미를 나타낸다.

現在進行形어미 「는」의 경우, 形容詞와 指定詞는 進行이라는 개념과는 모순되는 의미를 가지므로 붙지 않는다.

大過去形어미 「던」은 현재와 동떨어진 과거의 행동이나 상태를 나타내므로 「ていた」에 가깝고, 未来形어미 「ㄹ/을」은 미래에 발생하는 행동이나 상태를 나타내므로 形容詞나 指定詞는 붙지 않는다.

노란 가방 (黄色いかばん)　　작은 가방 (小さいかばん)

읽은 책 (読んだ本)　　　　읽은 사람 (読んだ人)

지금 먹고 있는 학생 (今食べている学生)

신문을 보고 있는 학생 (新聞を見ている学生)

우리가 잘 가던 공원 (私達がよく行っていた公園)

전에 이웃에 살았던 사람 (以前隣に住んでいた人)

지금부터 먹을 사람 (これから食べる人)

내일 출발할 사람들 (明日出発する人達)

4-3 이해하기 어려운 일본어 Tense

한국어話者에게 있어서 従属節「たとき」와 「るとき」의 Tense가 이해하기 어렵다.

a) 日本へ<u>行く</u>とき、デジカメを<u>買いました</u>。

　　(デジカメ　→　日本→発話時)

b) 日本へ<u>行った</u>とき、デジカメを<u>買いました</u>。

　　(日本　→　デジカメ→発話時)

c) 日本へ<u>行く</u>とき、デジカメを<u>買います</u>。

　　(発話時　→　デジカメ→日本)

d) 日本へ<u>行った</u>とき、デジカメを<u>買います</u>。

　　(発話時　→　日本→デジカメ)

　主節과 從屬節의 Tense가 b)와 c)는 일치하고 있으므로 문제가 되지 않지만, a)와 d)는 일치하지 않으므로 理解의 어려움이 있다. 왜 a)는 과거의 事態인데「行った」가 아니라「行く」가 되는 걸까, d)는 미래의 事態인데「行く」가 아니라「行った」가 되는 걸까 알기 어렵다.

　또, 한국어話者들은 상태의 국면을 계속과 결과의 국면으로 사용되는「ている」를 어렵게 느끼고 있고,「ている」가 본래상태나 반복상태, 경험이나 경력을 나타내는 용법도 있지만 한국어에는 존재하지 않으므로 어렵게 느끼고 있다.

　*　彼女はどこに<u>住みますか</u>。(→住んでいますか)

　*　私が<u>持った</u>のは１万円だけです。(→持っている)

　*　そこには私が<u>知る</u>人は一人もいなかった。(→知っている)

　*　あの人はもう<u>結婚しました</u>か。(→結婚していますか)

　*　兄弟だから、よく<u>似ました</u>ね。(→似ています)

　*　あそこの山は特に<u>そびえた</u>ね。(→そびえている)

　　＊ 先生のお宅は何度もう<u>かがった</u>。（→うかがっている）

　　＊ あの山は高校の時<u>登った</u>。（→のぼっている）

　또한 한국어의 未来形을「だろう」「つもりだ」「しよう」등의 표현
에 무리하게 대응시키려고 해서 부자연스러운 일본어를 만들어 내버리
는 것도 있다.

　　＊ すぐにそっちに<u>行く</u>つもりだ。（→行きます）

5. 통어구조의 대응관계

5-1 기본문형의 통어적구성관계

　기본문형의 통어적구성관계는 양언어가 일치하지만, 구성성분은 부분적으로 다르다고 할 수 있다.

(1) 主述構造: 主語＋述語, 提示語＋主語＋述語

　　彼がやってきた。그가 왔다(＝彼が来た).

　　彼女は頭がいい。그녀는 머리가 좋다.

(2) 客述構造: 主語＋対象語＋述語

　　私はビールが好きだ。나는 맥주를 좋아한다.

(3) 補述構造: 主語＋補語＋述語

　　信号が赤に変わる。신호가 빨강으로 바뀐다.

(4) 修飾構造: 한국어는 形容詞의 대응, 連体格의 생략, 語形変化등

　　　　　　　에서 다르다.

　1) 連体詞에 의한 수식

　　　その服/그 옷　　ある人/어떤 사람　　小さな物/작은 물건

  2) 連体格에 의한 수식

　　子供<u>の</u>本/아이 책　　煉瓦<u>の</u>家/벽돌집　　わずか<u>の</u>お金/약간의 돈

  3) 連体形에 의한 수식

　　今<u>行く</u>人/지금 <u>가는</u> 사람　　明日<u>行く</u>人/내일 <u>갈</u>사람

　　昨日<u>行った</u>人/어제 <u>간</u>사람

5-2 연체수식의 대응관계

　　연체수식을 나타내는 경우, 일본어의 「の」에 대응하는 한국어의 형태는 「의/인/∅/동사의 연체형」 등이다. 이들의 대응관계는 어떻게 구분되는지 살펴보자.

(1) 「の」에 대응하는 한국어의 형태

  1) 「の: 의」

　　韓国<u>の</u>四季: 한국<u>의</u> 사계절　　東京<u>の</u>冬: 동경<u>의</u> 겨울

  2) 「の: ∅」

　　英語<u>の</u>先生: 영어∅선생님　　担当<u>の</u>者: 담당∅자

  3) 「の: 인」

　　部長<u>の</u>橋本さん: 부장<u>인</u> 하시모또씨(=部長<u>である</u>橋本さん)

　　原料<u>の</u>石油: 원료인 석유(=原料<u>である</u>石油)

  4) 「の: 동사의 연체형」

　　到着<u>の</u>列車: 도착<u>한</u> 열차(=到着<u>した</u>列車)

　　欠席の学生: 결석한 학생(=欠席した学生)

(2) 「の」에 대응하는 「의/인」

　　a. 私の友達の丸太さんです。

　　　제 친구[?의/**인**] 마루타씨입니다.

　　b. 次は終点の博多駅です。

　　　다음은 종점[?의/**인**] 하카타역입니다.

　　c. 彼の自慢の種の娘さんです。

　　　그의 자랑거리[?의/**인**] 따님입니다.

　　A. あれは私の友達の家です。

　　　저것은 제 친구[**의**/?인] 집입니다.

　　B. 広島大学の小林です。

　　　히로시마대학[**의**/?인] 고바야시입니다.

　　C. 人々の協力で事件は解決した。

　　　사람들[**의**/?인] 협력으로 사건은 해결되었다.

　abc도 ABC도 「XのYだ」構文이지만, abc는 「YはXだ」構文으로 바꿔 말 할 수가 있지만, ABC는 「YはXだ」構文으로 바꿔 말 할 수가 없다.

　　a' 丸太さんは私の友達だ。마루타씨는 제 친구다.

　　b' 博多駅は次の終点だ。하카타역 다음 종점이다.

　　c' 彼は娘さんが自慢の種だ。그는 따님이 자랑거리다.

　　A' ?その家は私の友達だ。?그 집은 제 친구다.

　　B' ?小林は広島大学だ。?고바야시는 히로시마대학이다.
　　C' ?協力は人々だ。?협력은 사람들이다.

　또, abc는「XのY」를「XだったY」로 교환이 가능하지만, ABC는 불가능하다.

　　a" 私の友達<u>だった</u>丸太さん。제 친구이었던 마루타씨.
　　b" 終点<u>だった</u>博多駅。종점이었던 하카타역.
　　c" 自慢の種<u>だった</u>娘さん。자랑거리였던 따님.
　　A" ?私の友達<u>だった</u>家。?제 친구이었던 집.
　　B" ?広島大学だった小林。?히로시마대학이었던 고바야시.
　　C" ?人々<u>だった</u>協力。?사람들이었던 협력.

　이상으로,「の」에 대응하는「의」「인」의 차이는 수식부X와 피수식부Y가「YはXだ」의 관계에 있어서,「XのY」를「XだったY」로 교환 가능한 경우는「인」이 대응하고 있지만, 이들이 모두 성립하지 않는 경우는「의」가 대응한다고 말할 수 있다.

(3)「의」「인」「∅」어느 쪽도 가능한 경우
　　三十歳<u>の</u>女　서른 살[**의/인/**∅] 여자
　　180センチ以上<u>の</u>人　180센치 이상[**의/인/**∅] 사람
　　大阪大学出身<u>の</u>先生　오사카대학 출신[**의/인/**∅] 선생님
　　2003年度型<u>の</u>自動車　2003년형[**의/인/**∅] 자동차
　　5%<u>の</u>利子　5퍼센트[**의/인/**∅] 이자

「의」가 사용되는 경우는 수식어와 피수식어가 限定의 관계로 특정적인 관계에 있지만, 「인」이 사용되는 경우는 수식어가 피수식어에 대해서 부가의 관계로 설명적인 관계에 있다.

(4) 「の」와 「동사의 연체형」

今日欠席の彼女から電話があった。

오늘 결석[?의/?인/한] 그녀한테 전화가 왔다.

今到着の列車はソウル行の列車だ。

지금 도착[?의/?인/한] 열차는 서울행 열차다

12月に開催の国会では予算案が審議される。

12월에 개최[?의/?인/되는] 국회에서는 예산안이 심의 된다.

「の」앞에 동작성명사가 올 경우, 대응하는 한국어 漢語動詞의 연체형은 「한(した)/하는(する)/된(された)/되는(される)」등의 형태가 사용된다.

彼女は今日欠席だ。그녀는 오늘 결석[이다/하였다]

その列車は今到着だ。그 열차는 지금 도착[?이다/하였다]

国会は12月に開催だ。국회는 12월에 개최[?이다/된다]

「欠席」과 같이 동작보다 결과 상태를 나타내는 語의 경우는 「이다」가 사용되기 쉽고, 「到着」「開催」등과 같이 동작 그 자체를 나타내는 語의 경우는 「이다」가 사용되기 어렵다.

  a. 夕方5時出発<u>の</u>船に乗る。

    저녁 5시 출발[의/인/하는] 배를 탄다.

  b. 夕方5時に出発<u>の</u>船に乗る。

    저녁 5시에 출발[?의/?인/하는] 배를 탄다.

a의 경우는 「出発」이라는 語句의 동작성이 약해진 결과 「인」도 사용할 수 있지만, b의 경우는 동작을 나타내는 성격이 강하기 때문에 「인」이 사용되지 않는다.

6. 태(Voice)의 대응관계

6-1 수동

일본어수동문은 受動을 나타내는 助動詞「れる/られる」가 동사의 미연형에 붙고,「Y(受動者)が X(行為者)に/から/によって V(ら)れる」의 문형을 가진다. 또, Y(受動者)가 X(行為者)로부터의 行為・作用에 의해서, 被害・迷惑(폐)를 입거나 利得이 되었다고 느꼈을 때, Y의 기분을 전하기 위해서 수동표현을 사용한다.

私は子供にガラスを割られた。(아이가 내 유리창을 깼다)
田中さんは特別賞をおくられた。

(다나까씨는 특별상을 수여 받았다)

한국어수동문도 문형적인 측면과 의미적인 측면은 일본어수동문과 같이 설명될 수 있지만, 수동형식은 3가지가 존재해 일본어와 많은 차이가 있다. 즉, 타동사어간에 受動接尾辞「이/히/리/기」를 첨가해서 만드는 방법, 타동사어미「-아/어/여-」에 受動補助動詞「지다」붙여서 만드는 방법, 동작성명사에 수동의미를 가지는「되다/받다/당하다/들다/맞다」를 넣어서 만드는 방법 등 3가지가 있다.

일본어의 수동형식은「ある・見える・聞こえる・(音が)する・要る・似合う・起こる・異なる・伝わる・出来る」등의 所動詞와,「飲める・読める」등의 가능동사,「結婚する・競り合う」등의

상호동사, 「シャワーを浴びる」 「(足を)折る」 등의 재귀동사 등 극히 일부의 동사를 제외하고는 모든 동사에 조동사 「れる/られる」가 붙어서 수동이 될 수 있어 규칙적이고 생산적이다. 이에 반해, 한국어의 3가지 수동형식은 모든 동사에 적용되지 않기 때문에 규칙적이지 못하고 비생산적인 특징을 가지고 있다.

　이러한 근본적인 문제 때문에 自動詞文과의 경계가 매우 애매하다. 이것은 受動文과 自動詞文이 모두 自動詞的表現으로 영향을 받는 쪽을 중심으로 하고 있고, 행위자의 意志를 문제 삼지 않기 때문으로 여겨진다.

<table>
<tr><td rowspan="2">{</td><td>駅前にビルが建てられた。(受動文)</td><td>역 앞에 빌딩이 <u>세워졌다</u>.</td></tr>
<tr><td>駅前にビルが建った。(自動詞文)</td><td>역 앞에 빌딩이 <u>세워졌다</u>.</td></tr>
<tr><td rowspan="2">{</td><td>橋が流された。(受動文)</td><td>다리가 <u>유실되었다</u>.</td></tr>
<tr><td>橋が流れた。(自動詞文)</td><td>다리가 <u>유실되었다</u>.</td></tr>
</table>

{
　窓ガラスが(*誰かによって)<u>割れた</u>。(自動詞文)

　유리창이 <u>깨졌다</u>.

　窓ガラスが(誰かによって)<u>割られた</u>。(受動文)

　유리창이 <u>깨졌다</u>.

<table>
<tr><td rowspan="2">{</td><td>家が(*誰かによって)<u>壊れた</u>。(自動詞文)</td><td>집이 <u>무너졌다</u>.</td></tr>
<tr><td>家が(誰かによって)<u>壊された</u>。(受動文)</td><td>집이 <u>무너졌다</u>.</td></tr>
<tr><td rowspan="2">{</td><td>泥棒が警察に<u>捕まった</u>。(自動詞文)</td><td>도둑이 경찰에 <u>잡혔다</u>.</td></tr>
<tr><td>泥棒が警察に<u>捕まえられた</u>。(受動文)</td><td>도둑이 경찰에 <u>잡혔다</u>.</td></tr>
<tr><td rowspan="2">{</td><td>壁に絵が<u>掛かっている</u>。(自動詞文)</td><td>벽에 그림이 <u>걸려</u> 있다.</td></tr>
<tr><td>壁に絵が<u>掛けられている</u>。(受動文)</td><td>벽에 그림이 <u>걸려</u> 있다.</td></tr>
</table>

다음으로, 일본어의 간접수동은 직접 대응하는 能動文이 존재하지 않고, 동작을 받는자가 아닌 名詞句가 새롭게 주어가 되어 主体가 간접적인 피해관계에 있을 때 사용된다. 그러나 한국어에는 이러한 간접수동이 존재하지 않기 때문에, 能動文으로 表現할 수밖에 없다. 또, 受動文과 テモラウ文과의 차이에도 注意를 요한다.

 a) 友達が私のコーヒーを<u>飲んだ</u>。 친구가 내 커피를 마셨다.
 b) 私は友達にコーヒーを<u>飲まれた</u>。

  → 私は友達にコーヒーを飲まれて<u>困っていた</u>。
 c) 私は友達にコーヒーを<u>飲んでもらった</u>。

  → 私は友達にコーヒーを飲んでもらって<u>よかった</u>。

 a)는 사실 그 자체를 말하고 있지만, b)는 친구가 내 커피를 마신 것을 被害로 인식하고 있다. c)는 친구가 내 커피를 마신 것을 고맙게 생각하고 있는 授受表現이다. 한국어에서는 b)c)도 a)의 의미 밖에 없으므로 日本語와 크게 다르다.

 또, 일본어의 自動詞受動은 「迷惑の受身」라 불리어, 主語・主題가 페나 피해를 입은 것을 나타내는 독특한 표현이지만, 한국어에서는 이러한 표현이 없고 能動表現만이 대응하므로 학습과 운용에 많은 어려움이 뒤따른다.

花子は雨に<u>降られた</u>。 花子는 비를 맞았다.

子供の時、父親に<u>死なれた</u>。 어릴 적에 아버지를 여의었다.

友達に遊びに<u>来られて</u>、勉強ができなかった。

친구가 놀러와 공부할 수 없었다.

昨夜、赤ちゃんに<u>泣かれて</u>眠れなかった。

어젯밤 갓난아이가 울어서 잘 수 없었다.

店長は店員に<u>休まれて</u>困っている。

점장은 점원이 쉬어서 곤혹스러워하고 있다.

隣のテーブルの人にたばこを<u>吸われた</u>。

옆 테이블사람이 담배를 피웠다.

더욱이, 他動詞受動이 간접수동으로 사용될 경우, 能動文「XがYの NをVする」구문은 受動文「YはXにNをVされる」구문으로 사용되 지만, 이 文型도 한국어에서는 能動文으로 표현한다.

森田さんはお母さんに雑誌を<u>捨てられ</u>(てしまっ)た。

어머니가 모리타씨 잡지를 버렸다.

太郎は次郎にジュースを<u>飲まれ</u>(てしまっ)た。

지로우가 타로우 주스를 마셨다.

私は外国人に英語で道を<u>聞かれ</u>(てしまっ)た。

외국인이 나에게 영어로 길을 물었다.

私は母親に朝早く<u>起こされ</u>(てしまっ)た。

어머니가 나를 아침 일찍 깨워 버렸다.

吉田さんは課長に話を<u>聞かれ</u>(てしまっ)た。

과장님이 요시다씨 얘기를 들어버렸다.

私は店の人に注文を<u>間違えられ</u>(てしまっ)た。

점원이 내 주문을 틀려버렸다.

姉は父親に電話を<u>切られ</u>(てしまっ)た。

아버지가 누나 전화를 끊어 버렸다.

私は弟にケーキを<u>食べられ</u>(てしまっ)た。

동생이 내 케이크를 먹어버렸다.

끝으로, 간접수동과 テモラウ文은 事態의 영향을 받고 있는 사람을 主語로 하고 있다는 점에서 일치한다. 그러나 간접수동은 주어가 사태를 피해로서 인식하고 있지만, テモラウ文은 사태를 은혜적으로 인식하고 있다는 점에서 다르므로 특히 이점에 유의해야 한다.

母親は知らない人に電話を<u>掛けられ</u>た。

→ 知らない人の行為を被害として認識している。

母親は知らない人に電話を<u>掛けて</u>もらった。

→ 知らない人の行為を恩恵として認識している。

父親は家の前にだれかに車を<u>止められ</u>た。

→ 誰かの行為を被害として認識している。

父親は家の前にだれかに車を<u>止めて</u>もらった。

→ 誰かの行為を恩恵として認識している。

또, 한국어의 「되다形」受動(동작성명사에 수동의미를 가지는 「되다/받다/당하다/듣다/맞다」 넣어서 만드는 방법)은 일본어에서는 자연발생적인 현상을 나타내는 自動詞文과 대응하는 것이 있으므로, 기계적으로 「される」로 번역해서는 안 된다.

夢が実現した。 꿈이 실현되었다(*実現された).

経済が発展した。 경제가 발전되었다(*発展された).

公益は私益に優先する。

공익은 사익에 우선된다(*優先される).

振動は約20分間連続した。

진동은 약 20분간 연속되었다(*連続された).

6-2 사역

일본어사역문은 使役을 나타내는 助動詞「(サ)セル」가 동사의 미연형에 붙고,「X が Y に/を V (さ)せる」「X が Y に Z を V (さ)せる」文型을 가지며, 使役者가 被使役者에게 動作 · 作用을 행하게 하든지, 상태변화를 일으키게 작용하는 의미를 나타낸다.

森田が弟に荷物を運ばせた。

先生は吉田さんに本を読ませました。

한국어사역문도 문형적인 측면과 의미적인 측면은 일본어사역문과 같이 설명될 수 있지만, 사역형식은 3가지가 존재해 일본어와 많은 차이가 있다. 즉, 동사나 형용사어간에 使役接尾辞「이/히/리/기/우/구/추」가 결합된 것(→이形),「동작성명사＋시키다」형태로 사용되는 것(→시키다形), 사역성을 가지는 用言의 어간에「게/도록」＋使役補助動詞「하다/만들다」등이 연결된 것(→하다形) 등이 있다.

일본어의 경우, 극히 일부의 동사를 제외하고는 모든 동사에 조동사「れる/られる」가 붙어서 使役이 될 수 있어 규칙적이고 생산적이지만, 한국어의 3가지 사역형식은 모든 동사에 적용되지 않기 때문에 규칙적이지 못하고 비생산적인 특징을 가지고 있다.

일본어使役文은 使役者쪽에서 바라보기 때문에, 사태원인의 국면에 초점을 두고 보고 있다. 또, 강제사역은 사역의 전형적인 용법이긴 하지만, 실제로는 다양한 의미를 나타내는 용법으로 사용되므로 注意를 요한다.

先生が学生に本を買わせた。(권유나 충고)

太郎は虫を見せて花子をびっくりさせた。(심리적 상태변화)

スキー場では人工的に雪を降らせる。(기대대로의 결과)

あの事件が彼女をそうさせた。(사태의 원인)

彼は子供を病気にさせた。(運命)

花子の結婚はみんなを驚かせた。(不本意)

家の子供は塾に行かせない。(不許可)

　다음으로, 사역문은 행위를 하는 자(スル側)와 시키는 자(サセル側), 수동문은 행위를 하는 자(スル側)와 하게 되는 자(サレル側)의 관계를 나타내므로, 이들의 차이는 행위를 「サセル側」와 「サレル側」 어디에 시점을 두고 보고 있는 가이다.

　한편, テモラウ文은 어떤 사람에게 무언가를 시키는 표현으로 사용되므로, 사역문과 비슷하지만, 「スル側」의 意志를 존중해서 부탁한다는 依賴나 要求의 의미가 있으므로 사역문과는 다르다. 따라서 사역문을 잘 이해시키기 위해서는 수동문과의 대비가 유효하다고 할 수 있다.

　사역문과 テモラウ文은 使役者와 行為者를 필요로 하는 점에서 일치하므로, 비교 대비시키면서 이해할 필요성이 있다. 또, テモラウ文이 사역문에 대응하는 경우는 상대방의 의지를 존중하고 있는지 아닌지의 차이이며, 수동문에 대응하는 경우는 행위자의 행위를 感謝하게 인식하고 있는지 被害로 인식하고 있는지의 차이이므로, 이것들을 알아둘 필요성이 있다.

　　私は花子に代わりに行ってもらった。(花子의 意志를 존중)
　　私は花子に代わりに行かせた。(花子의 意志를 존중하지 않음)
　　私は医者に注射を打ってもらった。
　　　　　　　　　　　　　　(의사의 행위를 感謝하게 인식)
　　私は医者に注射を打たれた。(의사의 행위를 被害로 인식)

　그리고, 어떤 事態의 生起를 허용하는 「許容使役」과, 사태발생이 사역자의 意志와는 무관하게 행해지는 「無意志使役」은 한국어에서 사역형을 선호하지 않기 때문에, 他動詞文으로 표현하는 것이 일반적인 사실도 유념해두어야 한다.

母親は子供を遅くまで遊ばせた。→ 許可

엄마는 아이를 늦게까지 놀게 내버려두었다.

来月かぎりでやめさせていただきます。→ 許可

다음 달까지 그만두기로 하겠습니다.

子供に酒を飲ませないでください。→ 不許可

아이가 술을 마시지 못하게 해 주세요.

祖母は祖父を戦争で死なせた。→ 成行(運命)

할아버지는 전쟁으로 돌아가셨다.

父親は息子を交通事故で死なせた。→ 成行(運命)

아들이 교통사고로 죽었다.

野菜を腐らせてしまった。→ 간접적인 책임자(後悔)

야채가 썩었다.

車を走らせてしまった。→ 不本意

차가 달렸다.

私は足をすべらせて倒れた。→ 不本意

발이 미끄러져 넘어졌다.

作曲家はペンを走らせていた。→ 不本意

작곡가는 펜을 움직였다.

台風で大雨を<u>降らせた</u>。 → 不本意

태풍으로 큰비가 <u>내렸다</u>.

　끝으로, 한국어사역문은 「X가　Y가/에게/를　使役形式」을 가지고 있지만, 「이形」과 「시키다形」은　Y가　無情物이더라도　사용되지만, 「하다形」은　Y가　無情物인　경우　사용이　불가능하다는　특징을　가지고 있다.

順子가　花子의　<u>흥분</u>을　가라앉<u>히</u>었다.

그는　<u>나라</u>를　무기력상태에서　재기<u>시</u>켰다.

＊順子가　花子의　<u>흥분</u>을　가라앉<u>게　했</u>다.

　또, 한국어는 사역형식의 차이에 의해서도　Y가　취하는　格에 차이가 있는데, 「이形」과 「시키다形」은 보통　Y가　与格「에게」나　対格「을」를　취하지만, 「하다形」은 보통　Y가　主格「가/이」도　与格「에게」도　対格「을」도　취한다.

어머니가　花子<u>에게</u>　약을　먹<u>인</u>다.

母が花子に薬を飲ませる。

監督이　選手들<u>에게/을</u>　練習<u>시킨</u>다.

監督が選手達に/を練習させる。

아버지가　아들<u>이/에게/을</u>　술을　마시<u>게</u>　한다.

父親が息子*が/に/*を酒を飲ませる。

　그리고, 述語에 無意志自動詞가 사용되는「이形」과, Y의 심리나
정신상태의 변화를 나타내는 自動詞가 사용되는「시키다形」「하다形」
일 때는 모두 Y가 対格「을/를」밖에 취하지 않는다.

　　兄이 동생을 울린다. (兄が弟を泣かせる)
　　아내가 남편을 感動시킨다. (妻が夫を感動させる)
　　順子가 花子를 놀라게 한다. (順子が花子を驚かせる)

　「이形」「시키다形」사역문과「하다形」사역문은 被使役者를 마크
하는 格표시선택에 있어서 차이를 보이지만, 그 밖에도 재귀대명사나
부사상당句의 수식영역에 있어서 기능을 달리한다.

　　母が花子を自分の部屋で寝かせる。→ 母も花子も指す
　　어머니가 花子를 자기 방에서 재운다. → 母だけを指す
　　어머니가 花子를 자기 방에서 자게 한다. → 母も花子も指す
　　ヨンスが妹を手で木に登らせる。→ ヨンスも妹も指す
　　영수가 여동생을 손으로 나무에 올린다. → ヨンスだけを指す
　　영수가 여동생을 손으로 나무에 오르게 한다. → ヨンスも妹も指す

　이처럼, 한국어사역문의 統語的특징은 사역형식의 성질과 밀접한
관계에 있고, 또사역문이 両義性을 가지고 있다는 것에 주목하면, 일

본어사역문은 한국어의 「하다形」사역문과 유사하다고 말할 수 있다. 그러나 「하다形」사역문은 構文上 「~ようにする/いう」구문과도 대응하고 있기 때문에, 다음과 같은 점에서 일본어사역문과 차이를 보이고 있다.

    a) ヨンスが今日花子を<u>泣かせた</u>。

       영수가 오늘 花子를 <u>울렸다</u>/<u>울게 했다</u>.

    b) * 昨日ヨンスが今日花子を<u>泣かせた</u>。

       * 어제 영수가 오늘 花子를 <u>울렸다</u>.

    c) 昨日ヨンスが今日花子を泣く<u>ようにした</u>。

       어제 영수가 오늘 花子를 <u>울게 했다</u>.

한국어의 「하다形」사역문은 使役事態와 被使役事態사이에 시간적인 차이가 있을 수 있기 때문에 c)가 성립하지만, 「이形」사역문은 使役事態와 被使役事態가 同時性을 가지기 때문에 b)가 非文이 된다. 이와 같이, 한국어의 「이形」사역문은 사역행위가 발생하면 피사역행위도 동시에 발생하고, 사역행위가 끝나면 피사역행위도 동시에 완료하기 때문에 반드시 結果나 事件을 含意하지만, 「하다形」사역문은 사역행위와 피사역행위가 분리되어 있기 때문에 반드시 結果나 事件을 含意하지 않는다. 이것을 단적으로 입증하는 것으로 否定表現의 가능유무이다.

A1) * 영수가 花子를 <u>울리</u>었지만, 花子는 울지 않았다.

A2) * ヨンスが花子を<u>泣かせた</u>が、花子は泣かなかった。

B1) 영수가 花子를 <u>울게 했</u>지만, 花子는 울지 않았다.

B2) ヨンスが花子に<u>泣くように言った</u>が、花子は泣かなかった。

한국어의 「이形」사역문은 X 의 Y 에 대한 작용이 완료한 시점에서 Y 의 동작도 종료하는데 반해, 「하다形」사역문은 X 의 Y 에 대한 작용이 완료한 시점에서 Y 의 동작은 종료하지 않아도 좋기 때문에, A1)은 성립하지 않고 B1)은 성립하는 것이다. 한편, 일본어 사역문은 사역사태와 피사역사태가 언제나 同時性을 가지기 때문에, A2)는 성립하지 않고 B2)는 성립하는 것이다. 이점에서 볼 때, 일본어사역문의 통어적의미적특징은 한국어의 「이形」사역문과 같다고 할 수 있다.

6-3 사역수동

일본어의 사역수동은 使役受動을 나타내는 助動詞「される/させられる」가 동사의 미연형에 붙고, 「XがYに(Zを)Vされる/(さ)せられる」의 문형을 가지며, 주어가 누군가의 「使役」행위를 받아 그것이 싫었지만 할 수 없이 하게 되어, 그것에 의해 본이 아닌 被害를 입었다는 것을 나타내는 표현이다.

飲む(nomu) → 飲まされる(nom+asareru)

　　　　　　　飲ませられる(nom+aserareru)

辞める(yameru) → 辞めさせられる(yame+saserareru)

来る(kuru) → 来させられる(kosaserareru)

娘は先生に日本語でレポートを<u>書かせられ</u>た。

딸은 선생님에게 일본어로 report를 쓰게 강요받았다.

私は恋人においしくない料理を<u>食べさせられ</u>た。

나는 애인에게 맛없는 요리를 먹게 강요받았다.

한국어에는 사역수동이 존재하지 않기 때문에, 수동형식과 의미용법을 정확히 이해하고 운용할 줄 알아야 한다. 우선, 사역수동의 형식「동사의 미연형＋せられる」는 간소화되어 실제로는 「동사의 미연형＋される」의 형태로 많이 사용되고 있고, 「～す」형태의 동사는 「せられる」의 형태뿐<u>으로</u> 「される」형태가 존재하지 않는다는 점에 유의해야 한다.

歌う → 歌わせられる → 歌わされる

買う → 買わせられる → 買わされる

行く → 行かせられる → 行かされる

書く → 書かせられる → 書かされる

立つ → 立たせられる → 立たされる

待つ → 待たせられる → 待たされる

呼ぶ → 呼ばせられる → 呼ばされる

飲む → 飲ませられる → 飲まされる

座る → 座らせられる → 座らされる

取る → 取らせられる → 取らされる

話す → 話させられる → * 話さされる

直す → 直させられる → * 直さされる

出す →出させられる → * 出さされる

写す → 写させられる → * 写さされる

返す →返させられる → * 返さされる

探す → 探させられる → * 探さされる

다음으로, 사역수동의 意味는 他人에 의해서 무언가를 하도록 강요받는 느낌을 전달하는 표현이기 때문에, 話者의 곤혹스러운 피해感情을 나타낼 때 사용된다. 한국어에서는 이러한 표현이 불가능하므로 使役形이나 能動形으로 말할 수 밖에 없다.

同僚に踊りを踊らせられました。 동료가 춤을 추게 했습니다.

先生に日本語でレポートを書かせられた。

선생님이 일본어로 report를 쓰게 했다.

彼女においしくない料理を食べさせられた。

그녀가 맛없는 요리를 먹게 했다.

昨日病院へ行ったが、患者が多くて、

　　　2時間ぐらい待たされました。

어제 병원에 갔는데, 환자가 많아서 2시간 정도 기다렸습니다.

私はあまりお酒を飲みたくなかったのに、

　　　皆にお酒を飲まされました。

나는 별로 술 마시고 싶지 않았는데 모두가 술을 마시게 했습니다.

妻は歌が下手なのに、友達に歌を歌わされました。

아내는 노래가 서투른데, 친구가 노래를 부르게 했습니다.

父はお酒が好きなのに、医者にお酒をやめさせられました。

아빠는 술을 좋아하는데, 의사가 술을 못 마시게 했습니다.

母親は外国人に英語だけで話をさせられた。

엄마는 외국인이 영어만으로 말을 하게 했다.

이와 같이 일본어사역수동을 한국어는 使役文으로 밖에 표현할 수 밖에 없는데, 그렇게 되면 다른 사람의 책임을 문제 삼는 표현이 되므로 뻔뻔하다는 인상을 받게 된다.

끝으로, 使役文 「XがYにZをV(さ)せる」과 使役受動文 「XがYにZをV(さ)せられる」은 형태적으로는 동사의 형태만이 다르지만, 意味的으로는 많은 차이가 있다.

    A) 社長が秘書にファックスを送らせた。⇒ 使役

       사역자는 社長, 행위자는 秘書

    a) 社長が秘書にファックスを送らせられた。⇒ 使役受動

       사역자는 秘書, 행위자는 社長

    B) コーチが選手にキャッチボールをさせた。⇒ 使役

       사역자는 コーチ, 행위자는 選手

    b) コーチが選手にキャッチボールをさせられた。⇒ 使役受動

       사역자는 選手, 행위자는 コーチ

사역문A)B)에 있어서는 「X」에 해당하는 요소가 어떤 행위를 시키는 使役者가 되고, 「Y」에 해당하는 요소가 어떤 행위를 하는 行爲者가 되어, 통어적으로나 의미적으로 볼 때 「X가 Y에게 Z를 하게 만든다」는 특징을 가지고 있다는 점에서 일치한다.

반면, 사역수동문a)b)는 통어적으로는 「X」에 해당하는 요소가 使役者가 되고, 「Y」에 해당하는 요소가 行爲者가 되지만, 의미적으로는 「X」에 해당하는 요소가 行爲者가 되고, 「Y」에 해당하는 요소가 使役者가 된다. 즉, 통어적으로는 「X가 Y에게 Z를 하게 만든다」가 되지만, 의미적으로는 「Y가 X에게 Z를 하게 만들었다」가 되어, 결과적으로 그런 피해를 입었다는 것을 나타내고 있다. 다시 말해, Y가 X에게 Z를 시킬 수 없거나 또는 그러한 입장이나 관계에 놓여 있어, 실제로 시키지는 안 했지만, 결과적으로는 X에 의해 본의 아니게 피치 못할 상황에서 Z를 하게 된 것에 대한 피해감정을 사역수동으로 나타내고 있는 것이다. 이러한 사역수동은 일본인이 즐겨 사용하는 표현중의 하나로, 일본인의 언어습관과 내면세계를 파악하고 이해하는데 있어서 간과해서는 안 되는 중요한 표현이다.

7. 수수표현의 대응관계

7-1 물건의 수수와 행위의 수수

물건의 授受는 본동사의 형태로 사용되어 「XはYに物をあげる/やる/くれる/もらう」문형을 취하고, **행위**의 授受는 보조동사의 형태로 사용되어 「XはYに物をVてあげる/やる/くれる/もらう」문형을 취한다. 일반적으로 「やる」는 사람이 동식물에게 줄때 사용하고, 「あげる」는 1인칭이 3인칭에게, 「くれる」는 3인칭이 1인칭에게 줄때 사용한다. 「もらう」는 1인칭이 3인칭에게서 받을 때 사용한다.

私は彼女にプレゼントを<u>あげた</u>。 나는 그녀에게 선물을 주었다.

彼女は私にプレゼントを<u>くれた</u>。 그녀는 내게 선물을 주었다.

私は彼女にプレゼントを<u>もらった</u>。

나는 그녀한테 선물을 받았다.

私は彼女に英語を教え<u>てあげた</u>。

나는 그녀에게 영어를 가르쳐 주었다.

兄は弟にお金を貸し<u>てくれた</u>。 형은 아우에게 돈을 빌려 주었다.

물건이나 소유권이 内部(ウチ)에서 外部(ソト)로 이동할 때에는 「あげる」를 사용하고, 外部(ソト)에서 内部(ウチ)로의 이동할 때에는 「くれる」를 사용한다.

第三者간의 授受를 주는 쪽에서 객관적으로 묘사할 경우에는 「あげる」밖에 사용할 수 없다. 「くれる」를 사용하면 「に格名詞」가 話者에게 가깝다는 해석이 되어 버리기 때문에 유의해야 한다. 또, 第三者간의 授受에서 받는 쪽에서의 表現에는 「もらう」를 사용한다.

大郎が花子にチョコレートを<u>あげた</u>そうだよ。
大郎가 花子에게 초콜렛을 주웠대요.
花子は<u>大郎に</u>キャンディーを<u>くれた</u>そうだよ。
花子는 大郎에게 캔디를 주웠대요.
花子は大郎から花を<u>もらった</u>らしい。
花子는 大郎로부터 꽃을 받은 것 같다.

7-2 보조동사구문의 의미

「XはYに/をVてやる/あげる/さしあげる」構文의 기본적 의미는, X가 다른 사람을 위해 하는 동작이 **친절한 행위**인 것을 나타낸다는 점과, 「てやる」가 동작을 행하는 決意나 강한 意志를 나타내는 표현으로도 사용되어 분노나 혐오를 나타낼 때도 사용된다는 점도 간과해서는 안 된다.

私はみんなの写真を撮っ<u>てあげた</u>。
나는 모두의 사진을 찍어주었다.

　昨日は部長を車で家まで送っ<u>てさしあげた</u>。

　어제는 부장님을 차로 집까지 모셔다드렸다.

　おれをバカにした奴を見返し<u>てやる</u>。

　나를 바보 취급한 놈을 되돌려준다.

　こんな給料の安い会社、いつでも辞め<u>てやる</u>。

　이렇게 봉급이 싼 회사 언제라도 그만둔다.

　そんなに言うんなら、本当に死ん<u>でやる</u>。

　그렇게 말한다면 정말 죽어준다.

　私をいじめたやつらに思い知らせ<u>てやる</u>。

　나를 괴롭힌 놈들에게 뼈저리게 느끼게 해준다.

　「XはYに/をVて<u>くれる/くださる</u>」構文의 기본적인 의미는, X의 **친절한 행위**에 Y가 **감사**하다는 것을 나타낸다. X는 第3者로 자발적인 행위를 하는 사람이고, Y는 利益을 받는 자로 1人称에 가깝다.

　友人が本を買っ<u>てくれた</u>。친구가 책을 사주었다.

　兄が車を修理し<u>てくれた</u>。형님이 차를 수리해주었다.

　先生が論文をコピーし<u>てくださった</u>。

　선생님이 논문을 복사해 주셨다.

　「Xは Yに Vて<u>もらう/いただく</u>」構文의 기본적인 의미는, X의 **의뢰**에 Y가 **친절한 행위**를 기꺼이 행함으로서, X가 **감사**하게 여기고

있다는 것을 나타낸다. X는 1인칭에 가깝고 利益을 받는 者이며, Y는 動作을 행하는 사람이다.

> 昨年、原さんにスキーにつれて行っ<u>てもらった</u>。
> 작년 하라씨가 스키장에 데려가 주었다.
> 私は先生に推薦状を書い<u>ていただき</u>ました。
> * 저는 선생님에게 써 받았습니다.

「～てくれる」文은 주로 상대방의 **자발적인 행위**에 초점을 두고 사용되지만, 「～てもらう」文은 話者가 어떠한 **행위를 요구**하는 경우에 많이 사용된다. 「～てもらう」文은 動作主를 主語로 하지 않기 때문에, 「～てくれる」보다 정중한 인상을 주며, Y에게 敬意를 표할 때는 「いただく」를 사용한다.

a1) 先生が論文の資料を貸し<u>てくださった</u>。
    선생님이 논문자료를 빌려 주셨다.

a2) 先生に論文の資料を貸し<u>ていただいた</u>。
    선생님에게 논문자료를 빌려 받았다.

b1) 先生、本を貸し<u>てくださいませんか</u>。
    선생님 책을 빌려 주시지 않겠습니까.

b2) 先生、本を貸し<u>ていただけませんか</u>。
    선생님 책을 빌려 받을 수 없을까요.

a1)보다는 a2)가, b1)보다는 b2)가 보다 정중한 인상을 준다.

7-3 본동사와 보조동사로 쓰일 경우의 의미상차이

a) 田中さんは花子さんに本を<u>あげた</u>。

다나까씨는 하나꼬씨에게 책을 주었다.

b) 田中さんは花子さんに本を<u>読んであげた</u>。

다나까씨는 하나꼬씨에게 책을 읽어주었다.

a)는 田中さん으로부터 花子さん에게 책의 **소유권이 이동**했다는 것을 나타내고, b)는 話者가 田中さん의 행위를 **친절한 행위**로 인식하고 있는 표현이다.

c) 先生が料理を<u>作りました</u>。

선생님이 요리를 만들었습니다.

d) 先生が料理を<u>作ってくれました</u>。

선생님이 요리를 만들어 주었습니다.

e) 先生に料理を<u>作ってもらいました</u>。

선생님에게 요리를 만들어 받았습니다.

c)은 <u>객관적인 사실</u>을 말하고 있고, d)는 선생님의 <u>친절한 행위를</u> <u>感謝하게</u> 생각해서 말하고 있다. e)는 선생님의 <u>친절한 행위를 感謝하</u>

<u>게</u> 여기고 있다는 점에서는 d)와 같지만, <u>내가 依賴했다</u>고 하는 점도 추가된 표현이다.

7-4 사역표현과 수동표현에 대응하는 경우

(1) 「てもらう」표현이 使役표현에 대응하는 경우

 a) 花子に代わりに<u>行ってもらった</u>。

 b) 花子に代わりに<u>行かせた</u>。

상대의 意志를 존중하는 점에서 볼 때, b)보다 a)가 정중한 표현이다. 한국어는 「하나꼬에게 대신 가게 했다」는 使役표현만이 대응한다.

(2) 「てもらう」표현이 受動표현에 대응하는 경우

 1) 「てもらう」표현과 受動표현의 意味가 같을 경우

  { みんなに絵を<u>ほめてもらった</u>。

  { みんなに絵を<u>ほめられた</u>。

  { <u>教えてもらった</u>通り答えました。

  { <u>教えられた</u>通り答えました。

 2) 「てもらう」표현과 受動표현의 意味가 다를 경우

  私は医者に注射を<u>打ってもらった</u>。 : 행위를 감사 = 恩恵

  [나는 의사에게 주사를 맞아서 빨리 좋아졌다]는 意味이다.

  私は医者に注射を<u>打たれた</u>。 : 被害를 입음 = 迷惑

  [나는 의사에게 주사를 맞아서 기분이 나빠졌다]는 意味이다.

한국어에는 이러한 의미차이가 존재하지 않으므로, 주의를 요하는 표현이다.

7-5 「てもらう」표현의 오용

「주다」에 대응하는 「あげる」와「くれる」를 혼동하는 경우가 있다.

제가 가져가 <u>주겠습니다</u>.
* 私が持って行って<u>くれます</u>。(→ あげます)
그가 내게 영어를 가르쳐<u>주었다</u>.
* 彼が私に英語を教えて<u>あげた</u>。(→ くれた)

「～てもらう/ていただく」표현은 은혜를 입는 자에게 視点을 두고 말하는 표현이지만, 이에 대응하는 한국어표현은 行為者에 視点을 두는 표현만이 가능하므로 韓国語話者의 일본어가 자기중심적이고 오만하게 들릴 수 있다.

(1) 수여자의 친절한 행위에 대한 感謝와 依賴의 의미를 포함하는 경우
　　彼女に料理を作っ<u>てもらった</u>。
　　그녀가 요리를 만들어<u>주었다</u>(彼女が料理を作っ<u>てくれた</u>)
　　お医者さんに来<u>ていただき</u>ました。
　　의사선생님이 와<u>주었습니다</u>(お医者さんが来<u>てくれました</u>)
　　彼にお金を貸し<u>てもらい</u>ました。

그가 돈을 빌려<u>주었습니다</u>(彼がお金を貸し<u>てくれました</u>)

私は先生に論文を見てもらった。

선생님이 내 논문을 봐 <u>주셨다</u>(先生が私の論文を見<u>てくださった</u>)

(2) 허가를 구하는 경우

私にも言わせ<u>てもらいます</u>。

저도 <u>말하겠습니다.</u>(私も<u>言います</u>)

お先に歌わせ<u>てもらいます</u>。

먼저 <u>노래하겠습니다.</u>(お先に歌を<u>歌います</u>)

それでは、発表させ<u>ていただきます</u>。

그러면 <u>발표하겠습니다.</u>(それでは<u>発表します</u>)

明日は会社を休ませ<u>ていただきたい</u>のですが。

내일은 회사를 좀 쉬고 싶은데요.(明日は会社を休み<u>たい</u>のですが)

(3) 폐해를 나타내는 경우

勝手に他人の部屋に入っ<u>てもらっちゃ</u>だめだ。

함부로 다른 사람 방에 <u>들어가서는</u> 안 된다.

   (勝手に人の部屋に<u>入っては</u>いけない)

あんな酷い点を付け<u>てもらっちゃ</u>大変だ。

그렇게 심한 점수를 <u>받아서는</u> 큰일이다.

   (あんな酷い点を<u>もらっては</u>大変だ)

8. 대우표현의 대응관계

일본어는 内(우리)와 外(남)의 개념을 重視하는 「相対敬語」인데 반해, 한국어는 나이와 직위를 重視하는 「絶対敬語」를 사용하기 때문에, 일본인에게 한국식을 중시한 대우표현을 사용하게 되면 거리감을 느끼게 만드는 것이 된다. 오늘날의 일본어경어는 Communication의 수단으로 親疎관계를 나타내는 표현법으로 사용되고 있으므로, 이점에 유의하여 불이익을 받지 않도록 해야 한다.

　　형님은 오셨습니까.
　　→ ??お兄さんはお出でになりましたか。
　　아빠, 어디 가셨어요.
　　→ ??お父さん、どこへいらっしゃったのですか。
　　엄마는 지금 집에 안계십니다.
　　→ ??お母さんは今家にいらっしゃいません。

그리고, 한국어에는 아래에 제시된 겸양표현이 존재하지만, 일본어에 비해 그 수가 적고, 「お～する」에 해당하는 겸양표현과 「おる・まいる・いたす・うかがう・いただく・拝見する・存じあげる・ちょうだいする」등의 겸양표현이 존재하지 않는다.

만나다「会う」 → 뵈다/뵙다「お目にかかる」

말하다「言う」 → 여쭈다/아뢰다「申し上げる」

주다「やる・あげる」 → 드리다「差し上げる」

해 주다「してやる」 → 해 드리다「して差し上げる」

　이처럼 한국어는 겸양표현이 발달해 있지 못하기 때문에, 일본어겸양표현을「て差し上げる」만으로 해결하려고 하는 경향이 있다. 그러나 이것을 多用하다보면 상대방에게 뻔뻔한 인상을 줄 수 있으므로 注意를 기울여 사용해야 한다.

これからお願い致します。

→ ?これからお願い申し上げます。

先生、かばんをお持ちします。

→ ?先生、かばんを持って差し上げます。

9. 수사의 대응관계

일본어 数詞「~本(ほん・ぼん・ぽん)」으로 셀 수 있는 것을 한국어에서는 「병」「자루」「개」「가치」등으로 사용되고 있다.

　　ボールペン2本。 볼펜 두 자루
　　ビール6本。 맥주 여섯 병
　　耳掻き3本。 귀 후비개 세 개
　　つまようじ1本。 이쑤시개 한 개
　　たばこ4本。 담배 네 가치

少人数「一人」「二人」를 셀 때도「1名」「2名」라고 표현하지 않는다.

　　여자가 한 명 있습니다. 女性が一人(*1名)います。
　　학생이 두 명 있습니다. 学生が二人(*2名)います。
　　아이가 세 명 있습니다. 子供が三人・3名います。

동물을 셀 때도 날개가 있는 동물은「羽」, 비교적 몸집이 큰 동물은「頭」, 비교적 작은 동물은「匹」가 사용되고 있지만, 한국어는 모두「마리」만이 사용되므로 이점도 간과해서는 안 된다.

烏が4羽。까마귀가 네 마리

牛が7頭。소가 일곱 마리

鯖3匹。고등어 세 마리

てんとう虫2匹。무당벌레 두 마리

犬6匹と猫5匹。개 여섯 마리와 고양이 다섯 마리

《参考文献》

池上嘉彦. 1981『〈する〉と〈なる〉の言語学』大修館書店

石綿敏雄、高田誠. 1990『対照言語学』おうふう社

市川保子. 2005 『初級日本語文法と教え方のポイント』スリーエーネットワーク

梅田博之. 1982「朝鮮語の指示語」『講座日本語学12』明治書院

梅田博之、村崎恭子. 1984「現代朝鮮語の文構造」『講座日本語学10』明治書院

梅田博之、村崎恭子. 1984「現代朝鮮語の格表現」『講座日本語学10』明治書院

梅田博之、村崎恭子. 1984「テンス・アスペクト：朝鮮語」『講座日本語学11』明治書院

梅田博之、村崎恭子. 1984「モダリティー：朝鮮語」『講座日本語学11』明治書院

梅田博之. 1990「朝鮮語と日本語の述語構造の枠組」『日本語教育』72号

大江三郎. 1975『日英語の比較研究』南雲堂

生越直樹. 1989「文法の対照的研究：朝鮮語と日本語」『講座日本語と日本語教育5』

河村光雅. 1996「日韓対照」『言語学』東京法令出版

河村光雅. 2004「日韓対照」『言語一般』日本語教師養成シリーズ2　東京法令出版

管野裕臣. 1984「ボイス：朝鮮語」『講座日本語学10』明治書院

管野裕臣. 1984「複・重文の構成：朝鮮語」『講座日本語学11』明治書院

管野裕臣. 1990「朝鮮語と日本語」『講座日本語と日本語教育12』明治書院

北村甫. 1981「世界の言語」『講座言語第6巻　世界の言語』大修館書店

多和田真一郎. 1991 「日本語と沖縄語と朝鮮語の対照－する－」『日本語論考』桜楓社

塚本秀樹. 1990「日朝対照研究と日本語教育」『日本語教育』72号

角田太作. 1991『世界の言語と日本語』くろしお出版

野間秀樹. 1997「朝鮮語の文の構造について」『日本語と外国語の対照研究Ⅳ 『日本語と朝鮮語』下巻 研究論文編 国立国語研究所

村崎恭子. 1997「述語の構成」『日本語と外国語の対照研究Ⅳ『日本語と朝鮮語』下巻 研究論文編 国立国語研究所

森下喜一、池景来. 1992『日韓語対照 言語学入門』白帝社

森田良行. 2002『日本語文法の発想』ひつじ書房

矢野謙一、稲葉継雄. 1986「朝鮮語の表現」『応用言語学講座2 外国語と日本語』

油谷幸利. 1988『ハングルの基礎』大修館書店

吉田智行. 1997『日本語は世界一むずかしいことば?』アリス舘

권재일. 1992『韓国語 통사론』 民音社

金敏洙. 1971『国語文法論』一潮閣

金錫得. 1992『우리말 形態論』塔出版社

南基心・高永根. 1985『標準国語文法論』塔出版社

朴在権. 1997『現代日本語・韓国語の格助詞の比較研究』勉誠社

李周行. 1992『現代国語文法論』改訂版 大韓教科書

林憲燦. 1999『日本語学概論』不二文化社

林憲燦. 2004『日韓両言語における受動文と使役文』제이앤씨

林憲燦. 2005「日本語の使役文の分析ー意味と用法を中心にー」『広島大学大学院教育 学研究科日本語教育学講座推進研究』

林憲燦. 2007『Asahi日本語文法』제이앤씨

林憲燦. 2007「日韓両言語の文法の対照研究と文法教育」韓国語・中国語・日本語ー対照言語研究と教育ー予稿集　東北大学大学院文学研究科 第2回特別講演会

홍사만. 1993『韓・日語対照語学論考』塔出版社

黄燦鎬외 3人(1988)『韓・日語対照分析』明志出版社

제6장 일본어사

현재의 일본어는 역사적인 변천과정을 거쳐 오늘날에 이르게 되었는데, 여기서는 上代(600~784) 中古(784~1184) 中世(1184~1603) 近世(1603~1867) 近·現代(1868~1989)나누어, 각 시대의 대표적인 문헌자료와 특징을 살펴본다.

(1) 上代 : 飛鳥·奈良時代 약 200년간을 말한다.

대표적인 문헌자료로는, 古事記(712), 風土記(713), 日本書紀(720), 万葉集(759以降), 金石文등이 있다.

(2) 中古 : 平安·院政時代 약 400년간을 말한다.

대표적인 문헌자료로는, 伊勢物語(950), 蜻蛉日記(970), 源氏物語(1000), 今昔物語(1100)등이 있다.

(3) 中世 : 鎌倉·室町時代 약 400년간을 말한다.

문학·어학·종교 등의 자료는, 内外的·位相的으로 다양화되었고, 서양문화와의 접촉은 주목할 만하다. 일본어가 고대적 성격으로부터 근대적 성격으로 이동한 시대이다.

(4) 近世 : 江戸時代 약 300년간을 말한다.

국학이 일어나고, 고전연구에 따른 문예부흥에 의해, 문법이나 仮名

づかい등의 국어학적 연구가 발전했다.

(5) 近・現代 : 明治時代(めいじ)이후부터 오늘날까지를 말한다.

　구미선진문화의 섭취와 국가・민족주의적인 통제가 있었던 시대로, 일본의 근대화시대부터 昭和天皇(しょうわ)이 세상을 떠나기까지를 말한다.

　매스컴의 발달로 국어의 다양성이 지각되고, 공용문의 문체가 文語体에서 口語体로 변해 갔다.

1. 음운의 변천

　일본어 音韻史의 大略은 다음과 같은 방법으로 알 수 있다.

　한자의 중국 音을 참고할 수 있는「万葉仮名」로 표기된 자료로 8世紀의 音韻 을 밝힐 수 있고, 朝鮮에서 만들어진 일본어학습서의 한글표기를 자료로 16世紀의 音韻을 밝힐 수 있으며, 9世紀부터 15世紀의 音韻은「訓点資料(くんてん)」「悉曇資料(しったん)」「口承資料(こうしょう)」「内省観察한 것」등을 이용해 자세히 고찰해 가면 알 수 있다.

1-1 상대

(1) 清音은 ア行의 イ와 ヤ行의 イ, ア行의 ウ와 ワ行의 ウ와의 중복을 제외한 48種이었고, 濁音은 カ・サ・タ・ハ 4行의 20種이었다.

여기에 上代特殊仮名遣い로서 「キ·ケ·コ·ソ·ト·ノ·ヒ·ヘ·ミ·メ·(モ)·ヨ·ロ」와 「ギ·ゲ·ゴ·ゾ·ド·ビ·ベ」19~20種은 각기 2가지로 발음되고 있었다. 따라서, 이들 모두를 합치면 전부 87~88種이 된다.

(2) 母音은 [a, i, u, e, o + ï, ë, ö] 8種이다.

이중, [a, i, u, ö] 4母音이 우세하고, [e, o, ï, ë] 4母音은 劣勢하다. [e, o, ï, ë]는 e ← ia, o ← ua, ï ← öi, ë ← ai와 같은 母音転化로 성립하고 있다.

(3) 音韻史에 있어서 주의를 요하는 子音은 サ行·タ行·ハ行인데, ハ行子音은, 両唇音 [ɸ] 로 발음했으나, 전시대의 ハ行子音은 [p]였다고 추정된다. サ行子音은, 지금과 같은 摩擦音이 아니라, 破擦音[ʧ] [ʦ]였다. タ行子音은, [ta] [ti] [tu] [te] [to]였다고 추정된다.

(4) 母音탈락현상이 일어나, 母音이 語中과 語尾에 늘어서지 않는다.

長雨[nagaame] ナガアメ → ナガメ[nagame] 장마
仮庵[kariiho] カリイホ → カリホ[kariho] 오두막집
荒磯[araiso] アライソ → アリソ[ariso] 파도가 거친 바다
朝明[asaake] アサアケ → アサケ[asake] 새벽녘, 동틀녘

(5) 子音삽입현상이 일어난다.

　　春雨[haruame] ハルアメ → ハルサメ[harusame] 봄비

(6) 語頭에 ラ行音과 濁音이 오지 않는다.

(7) 連濁현상이 발생한다.

　　子供「コドモ」

(8) 「ジ」와 「ヂ」, 「ズ」와 「ヅ」의 音이 달라 있었다.

(9) ア行의 エ[e]와 ヤ行의 エ[je]가 구분되어 쓰였다.

(10) ワ行에는 [wi] [we] [wo]가 있었다.

(11) 大和方言과 東国方言과는 母音이 다르고, 子音의 変化가 있었다.

　　　大和方言　　　東国方言
　　　遠^{トホ}ケバ　　トホカバ : [e]母音과 [a]母音의 차이
　　　悲^{カナ}シキ　　カナシケ : [i]母音과 [e]母音의 차이
　　　半^{ナカバ}　　　ナカダ : [b]子音과 [d]子音의 변화
　　　思ヘドモ　　　オモヒドロ : [m]子音과 [r]子音의 변화

(12) 拗音・撥音・促音・長音등의 音節은, 漢語의 유입에 의해 음
　　　상징어 등에 임시적으로 존재했지만 기본적으로 和語의 音節로

서는 없었다.

(13) 濁音의 경우, 万葉仮名에는 「我·邪·治·備」와 같이 濁音을
    표기한 仮名가 있었다.

▶ 音節결합상의 커다란 특징은, 「こころ」와 같이 子音과 母音으로
이루어지는 音節의 연속인 [CVCVCV]와, 「おもふ」와 같이 母音만
으로 이루어지는 音節이 있는 [VCVCV]의 2種類가 있는데, 前者는
音節이 母音으로 끝나는 開音節이고, 後者는 母音이 병렬하지 않는
特徵을 가지고 있다. 複合語를 만들 때, (4)의 母音탈락현상과 (5)의
子音삽입현상이 일어나는 것도 母音이 연속하지 않는 音節結合을 유
지하려 했기 때문이다.

1-2 중고

11世紀 일본어의 기본음절은 「いろはにほへとちりぬる<u>を</u>わか
よたれそつねならむう<u>ゐ</u>のおくやまけふこえてあさきゆめみし
<u>ゑ</u>ひもせす」의 「いろは歌」로 一覧할 수가 있다.

(1) 万葉仮名에서 사용되었던 上代特殊仮名遺い의 소멸로 音節은
    68種이 된다. 즉, ア行의 イ와 ヤ行의 イ, ア行의 ウ와 ワ行의
    ウ와의 중복을 제외한 清音48種에 カ·サ·タ·ハ 4行의 濁音20種

이었다. 이것은 일본어가 8母音체계에서 5母音체계로 변화했기 때문이다. 또, ア行의 [e]와 ヤ行의 [je]가 [je]로 통합되고, ア行과 ワ行의 「イ・ヰ, エ・ヱ, オ・ヲ」는 구분되어 쓰이다가, ア行의 [o] 와 ワ行의 [wo]가 [wo]로 통합되어 66種이 된다.

(2) 母音은 [a, i, u, e, o] 5種이 된다.

(3) 母音이 語中과 語尾에도 늘어서게 되었다.

(4) 子音의 경우, サ行子音은 [ʃ] [ʧ] [ʦ]가 되었으며,
語中・語尾의 ハ行音이 ワ行音으로 발음되게 되었다.
カホ→カオ(顔),　カハ→カワ(川),　カフ→カウ(買う)

(5) 語頭에도 ラ行音과 濁音이 나타나기 시작했다.

(6) 音便(イ音便, ウ音便, 促音便, 撥音便)이 발생했다.
築垣ツキガキ→ツイガキ,　　思オモヒテ→オモイテ
給タマヒテ→タマウテ,　　香カグハシ→カウバシ
到イタリテ→イタッテ,　　発タチテ→タッテ
摘(つ)ミタル→ツンダル,　　仕ツカヘマツル→ツカンマツル

▶ 9世紀이후에 나타난 音便의 발생은, 母音이 연속하지 않는 음절 결합을 유지하지 못하게 만들었다. イ音便「思オモヒテ→オモイテ」,

ウ音便「うつくしく→うつくしう」로 되어 母音이 늘어서게 된다. 또 促音便과 撥音便은 새로운 Q, N라는 음절이 삽입되어 開音節이 없어진다. 더욱이 漢語의 수용에 따르는 외래어音의 유입에 의해, 母音이 연속하지 않는다고 하는 音節結合의 원칙이 깨져간다.

(7) 連声현상이 발생했다.
　　三位(サンヰ) →サンミ
　　仁和(ニンワ) →ニンナ
　　恩愛(オンアイ) →オンナイ

(8) 拗音을 발음하기 시작했다.
　　キャ, ニョ 또는 クヮ, クヰ, クェ

1-3 중세

14世紀末경에는 『仙源抄』에 「まづいろは四十七字の内 同音有 は いゐ おを えゑ也」로 되어 있어, 현대五十音図의 直音·清音과 같은 음절수였던 것을 알 수 있다. 그리고, 16世紀 キリシタン資料의 로마字철자법에서는 エ,オ가 ye, uo로 표기되어 있어 현대어 [e] [o]가 아니라 [je] [wo]였던 것을 알 수 있다.

(1) 中古까지 66種이었던 音節이, ワ行의 ヰ[wi]가 ア行의 イ[i]로 통합되고, ワ行의 ヱ[we]가 ア行의 エ[e]로 통합되어 64種이 된다.

(2) 子音의 경우,

　1) サ行子音은 キリシタン자료에서 「sa xi su xe so」로 표기되어
　　 있어,

　　 シ[xi=ʃi], セ[xe=ʃe]가 [ʃ]이고, サ・ス・ソ는 [s]이었다.

　　 ジ[ji=ʒi], ゼ[je=ʒe]는 [ʒ]이고, ザ・ズ・ゾ가 [z]로 발음되었다.

　　 西日本에서는 セ[se]가 シェ[ʃe]로 歯茎音이 되었지만,

　　 東日本에서는 현대음과 같이 [se]이라는 歯音이었다.

　2) タ行子音은 16世紀이후 [ta] [chi] [tsu] [te] [to]가 되었다.

　3) ハ行音이 발생하고, ハ行字音은 [f(ɸ)] 이었지만, [h]音도 있
　　 었다.

(3) 促音便과 撥音便이 빈번해 졌다.

　　 ヒッパル,　　　死ンデ

　　 イ音便은, ガ行・サ行의 것이 눈에 띄고, ウ音便은 長音化 되었다.

　　 騒ᵗⁿイダ,　　 起ᵗⁿイタ

　　 喜ᵗⁿⁿウダ, 頼ᵗⁿウデ, 暗ᵗⁿⁿウデ, 悲ᵗⁿⁿウダ, 従ᵗⁿⁿウテ

　　 ▶ 이처럼 ウ音便이 長音化되고, 「丁寧」가 「テイネイ」에서 「
テーネー」로 되듯이 [ei]를 [eː]로 長音발음하는 것 등도 母音並列을
피하려는 움직임에서 비롯된 것이 사실이다.

(4) 拗音이 확립되었고,

　　 ギョ(御),　　　ショーグヮチ(正月)

拗音중 [kwi, kwe, kwo]는 直音化해서 [ki, ke, ko]가 되었다.

(5) 長音이 눈에 띄게 되었다.

連母音의 융합에 의한 장음화

[au] → [ɔː] = 開音[ǒ]

[ou] → [oː] = 合音[ô]　　예) レウリ→リョ-リ

[eu] → [joː] = 合音[ô]　　예) セウ → ショ-

(6) 京都方言과 関東方言과의 사이에서, 音便의 형태상 대립관계가 존재했다.

<京都方言>　　<関東方言>

払(はら)うて → 払って

張(は)って　 → 張りて

良(よ)う　　 → 良く

(7) 「チ, ツ, ヂ, ヅ」는 15世紀경까지는 [ti, tu, di, du] 이였지만, 16世紀末에는 [tʃi, tsu, dʒi, dzu] 音이 되어 있었다.

(8) 濁音의 경우, 12世紀초경에 성립했다고 하는 『類聚名義抄』에 声点으로 濁音을 나타냈다고 생각되는 표기가 있고, 16世紀의 キリシタン資料에서는 「Faxigaqi(端書) Fajicami(生薑)」와 같이 清濁의 구별이 행해졌다.

1-4 근세

(1) ジ[ʒi]와 ヂ[ʥi]는 [ʒi]로 통합되고,

　　ズ[zu]와 ヅ[ʣu]는 [zu]로 통합되어 음절수는 62種이 된다.

(2) 1800年代에는 半濁音府(パ行音)가 성립하게 되어, 음절수는 67
種이 된다.

(3) サ行子音은 セ・ゼ가 [ʃe] [ʒe]에서 [se] [ze]로 변했다.

(4) 摩擦音의 변화가 있었다.

　1)「フ」를 제외한 ハ行子音이 [h]로 변화하게 된다.
　　　唇音퇴화현상으로 [ɸ]가 [h]로 되었다.

　2) サ・ザ行子音의 セ(ʃe→se), ゼ(ʒe→ze)

　3) [ç]音과 [s]音의 혼동현상이 일어났다.
　　　光ヒカル→シカル,　叱シカル→ヒカル)

(5)「クワ, グワ」가「カ, ガ」로 통합하게 된다.
　　クヮジ → カジ(火事)

(6) mora(拍)음절구조가 성립하게 된다.

(7) オ段長音의 2종의 구별에서 1종으로 통합된다.

[-ɔː] [-oː] → [oː]

(8) 長音化가 진행한다.

ei → ee (姓名^{セイメイ}→セエメエ)

ai → ee (大概^{タイガイ}→テエゲエ)

oi → ee (面白^{オモシロ}イ→オモシレエ)

ae → ee (踏^{フマヘ}ル→フメエル)

wa/ba → aa (帰^{カヘ}ラズハ→ケエラザア, 聞^キケバ→キキャア)

1-5 근·현대

(1) 음절수는 淸音44 + 濁音18 + 半濁音5 = 67種이다.

(2) 欧米語의 音이 크게 영향을 준다.

외래어의 原音을 존중하고, 표기하는 경향이 강해져,

[ʃe] [ʧe] [ʤe] [ti] [di] [ɸa] [ɸi] [ɸe] [ɸo] [wi] [we]등의 音節

이 정착한다.

[se] → [ʃe] : セパード → シェパード

[ze] → [ʤe] : ゼリー → ジェリー

[ɸ] → [f] : ファ フィ フェ フォ

[v] → [b]   : バイオリン → ヴァイオリン

(3) ガ行音의 語頭[g]와 語中·語尾[ŋ]의 区別이 상실되어, [g]로 통합하는 경향이 강해진다.

私が[wataʃiga]   大型[oogata]

(4) 표준母音[a, i, u, e, o]이 확인되고, ウ(ɯ)가 u로 발음되게 된다.

(5) 母音의 無声化현상이 일어난다.

無声子音에 끼어있는 [i]와 [u]는 무성화되는 현상으로, シタ [ʃita]와 クシ[kuʃi]의 [i] [u]가 無声化해서, [ʃta]와 [kʃi]와 같이 된다.

汽車[kiʃa]   人[hito]   月[tsuki]   草[kusa]

(6) 現代에는 外来音節26정도가 日本語音節로서 발음되게 된다.

PTA: ピーチーエ- → ピーティーエー

ネグリジェ의 ʤe, プロデューサー의 dju등

(7) 促音다음 다음에 位置하는「り」가「し」로 変化한다.

「やっぱし」「ぴったし」등

이들은 형용사어미의「しい」에 끌린 변화로, 금후 일본어를 변화시킬 가능성을 가진 것이다.

1-6 ハ行転呼音

平安末期부터 鎌倉時代에 걸쳐서 ハ行転呼音이라는 음성변화가
진행했기 때문에文字와 音声간에 표기상의 혼란이 발생했다. ハ行転
呼音은 문절 속에서 ハ行에서 ワ行으로 이행한 음이지만, 이러한
ハ行転呼의 현상은 中世의 ワ行이 현대에서는 ア行에 가까워졌으므로
한층 차이가 확대되는 결과를 낳았다.

中古의 は[ɸa]、ひ[ɸi]、ふ[ɸu]、へ[ɸe]、ほ[ɸo] 가,
中世에는 わ[wa]、ゐ[wi]、う[u]、ゑ[we]、を[wo]로 되어,
現代에서는 わ[wa]、い[i]、う[ɯ]、え[e]、お[o]가 되었다.

「鼻」의 경우, 전국적으로 [hana]로 발음되지만, 秋田県에서는
[ɸana]라는 方言形이 남아있고, 沖縄本島의 北部에서는 [ɸana]
[pana]의 両形이 분포해, 宮古島까지 남하하면 [pana]形이 중심이
된다. 따라서 일본어에 p>ɸ>h 라는 음성변화가 있었다고 추정되어,
ハ行音은 다음과 같은 변천과정을 걸어왔다고 본다.

語 頭: 両唇閉鎖音[p] > 両唇摩擦音[ɸ] > 声門摩擦音[h]
文節中: 両唇閉鎖音[p] > 両唇摩擦音[ɸ] > 両唇半母音[w] > Ø

이 때문에, 川〈かは〉→「カワ」顔〈かほ〉→「カオ」와 같이 발음된다.

2차세계대전전까지의 국어교육에서는「歷史的仮名づかい」방식에 의해, ＜かは＞＜かほ＞로 쓰고「カワ」「カオ」로 읽도록 지도받았다. 戰後는 現代音을 중시한「現代仮名づかい」(1946)에 의해, 川에「かわ」顔에「かお」로 振り仮名를 붙이게 되었다. 단지, 助詞의「は、へ、お」만이「歷史的仮名づかい」대로 남아있다.

1-7 장모음(개합음)의 혼란과 변화

승려 契沖(けいちゅう)는『和字正濫鈔(わじしょうらんしょう)』(1695)를 저술해 仮名づかい의 잘못을 정정하려 했고, 이것에 자극받아 本居宣長(もとおりのりなが)는『字音仮字用格』(1776)에 의해 字音仮名づかい를 바로잡으려 했다.

戰前은 学校를「ガクカウ」勉強을「ベンキャウ」라고 振り仮名를 달도록 강요받았지만, 이것도 平安時代의 字音을 재현한 것이다. 이 때문에 아동에게 한자 학습은 어려운 일이었다. 현재「コウ」라는 仮名를 다는 한자에 다음 4가지의 계통이 있었다.

工「コウ」　[kou]　　→ [koː] → [koː]
校「カウ」　[kau]　　→ [kɔː]
光「クワウ」[kwau] → [kwɔː] ┃ [kɔː]　　┃ [koː]
甲「カフ」　[kaɸu] → [kau]

이와 같이 「コウ」라는 仮名는 예전에는 4가지 형태로 발음되었지만, 위와 같은 음성변화를 거쳐 결국 하나의 音으로 되었다.

우선 連母音[ou]가 長母音[oː](=合音[ô])로 되었고, 連母音[au]가 長母音[ɔː](=開音[ŏ])가 되었다. 그리고 合音[kw]가 [k]로 되고, ハ行転呼音[ɸ]가 소멸되어 [aɸu]가 [au]로 되었기 때문에 「カウ」「クワウ」「カフ」도 [kɔː]로 된다. 그 후 좁은 쪽의 長母音[oː]가 넓은 쪽의 長母音[ɔː]를 흡수해 모두가 [koː]로 통일된 것이다.

1-8 일본어음운사연구에 기여한 외국인에 의한 일본어연구

(1) 母音

  1) キリシタン資料에서, エ段・オ段의 母音만의 音節은 [ye] [wo. uo]였고, 17世紀初는 [je] [wo]였다.

  2) 朝鮮資料의 「伊呂波」의 한글표기에서, エ段音節의 母音은 모두 [je]였다.

(2) 子音

  1) キリシタン資料(J.Rodriguez의 『日本大文典』)

    サ行의 シ・セ가 「X」로 표기되어 있어서 [ʃ], サ・ス・ソ가 「S」로 표기되어 있어서 現代語와 같이 [s]였던 것을 알 수 있다. ザ行의 ジ・ゼ가 「j」로 표기되어 있어서 [ʒ], ザ・ズ・ゾ가 「Z」로 표기되어 있어서 [z]였던 것을 알 수 있다.

또, 東日本에서 セ·ゼ는 [se] [ze]로 되어 있었다.

2) 中国資料

16世紀初 タ·ダ行에서는 「太刀 打祭 」「七 乃乃子」와 같이 チ·ツ에 破擦音系의 「祭」「子」文字가 사용되었으므로, チ·ヂ·ツ·ヅ가 破擦音化해서 [ʧi] [ʤi] [ʧu] [ʣu]로 되어 있었던 것을 알 수 있다.

(3) 開合音

キリシタン자료를 보면, au→ǒ, ou→ô로 구별해 표기되어 있기 때문에, 그 音価로서는 開音[ɔː] 合音[oː]가 想定된다.

또 eu의 母音連続도 ô로 되어 있었던 것을 알 수 있다.

2. 문법·어법의 변천

2-1 상대

(1) 동사의 활용형은 8種(ラ, ナ, カ, サ, 四, 上二, 上一, 下二)
이었다.

四段動詞가 전체의 약60%, 下二段動詞가 약20%이었고, 활용
형에서는 連用形이 전체 활용형의 약50%를 차지하고, 未然形
이 20%, 連体形이 16%의 순으로 사용되었다.

	未然形	連用形	終止形	連体形	已然形	命令形
四段: 書く	ka	ki	ku	ku	kë	ke
ラ変: 有る	ra	ri	ri	ru	re	re
ナ変: 死ぬ	na	ni	nu	nuru	nure	ne
下二段 : 求む	më	më	mu	muru	mure	më(yö)
上一段 : 見る	mi	mi	miru	miru	mire	mi(yö)
上二段 : こふ	ɸï	ɸï	ɸu	ɸuru	ɸure	
カ変: くる	kö	ki	ku	kuru	kure	kö
サ変: する	se	si	su	suru	sure	se(yö)

(2) 形容詞의 활용형은 2種(ク活用, シク活用)이었다.

	未然形	連用形	終止形	連体形	已然形	命令形
ク活用: 遠し	ke	ku	si	ki	ke, kere	
シク活用 : 悲し	sike	siku	si	siki	sike, sikere	

(3) 형용동사라고 불리는 것은 아직 발달하지 않았다.

(4) 경어의 경우, 丁寧語는 발달하지 못했지만, 尊敬語와 謙讓語는
    발달했다.
    尊敬動詞 : 坐^マス · 坐^{イマ}ス(動作·存在),
              給^タブ · 給^{タマ}フ(授与),   ヲス(衣食·統治)
    謙讓動詞 : 申^{マヲ}ス · 申^{マウ}ス(言上),
              奉^{マツ}ル · 仕奉^{ツカヘマツ}ル · 立奉^{タテマツ}ル(献上)
              給^{タバ}ル · 賜^{タマハ}ル · 承^{ウケタマ}ハル(頂く)
              参^{マヰ}ル(参上), 罷^{マカ}ル(退出),
              伺^{ハベ}リ · サ守^モラフ(仕へる)

(5) 조동사는 受動·可能·自発를 나타내는 ユ, ラユ, 否定의 ナフ,
    否定推量의 マシジ, 推量의 ナム, 肯定의 ガヌ
    希望의 マクホシ, ガホシ, コス, 比況의 ナス(ノス)
    등이 있다.

2-2 중고

(1) 동사의 활용형은 8種에서 下一段動詞의 성립으로 인해, 9種이
    된다.

蹴クウ → クエル(蹴る): 下一段動詞의 성립

활용형이 변한 동사도 있다.

上代의 四段動詞→下二段 (隠ᵏᵘル, 忘ル, 分ク)

上代의 四段動詞→上二段 (紅葉ᵐᵒᵐⁱづ, 生ク, 満ツ, 漬ツ)

上代의 上二段動詞→四段 (喜ᵏᵒᵐᵒᵇブ)

上代의 上二段動詞→上一段 (居ᵏⁱル)

(2) 形容詞의 활용형은 2가지 변화가 일어난다.

1) シク活用이 없어지기 시작한다.

그 이유는, 連体形「き」「しき」의 音便形「い」「しい」가 終止形의 역할을 하게 되어, ク活用과 シク活用의 구별이 없어져 1종류가 되었다.

2) カリ活用이 완성된다.

당초 형용사는 동사에 비해 어형변화가 적고, 조동사는 거의 下接할수 없는 상황이었으므로, 형용사의 連用形에 「あり」가 붙는 표현형이 생겨, 音融合 의 결과 「カラ, カリ, カル, カル, カレ」로 활용하는 カリ活用이 생겼다.

그리고, 上代에 未発達이었던 形容詞已然形ケレ・シケレ가 발달하였다.

(3) 形容動詞의 활용형은 「ナリ」活用이 발달되었다.

　　「静かにあり」와 같이 格助詞「に」를 사이에 두고, 체언적형용사
　　에 「あり」가 연결된 것이 音融合을 일으켜 「静かなり」가 되어
　　생겼다. 그러나, 「タリ」活用은 발달하지 않았다.

(4) 受動助動詞는 「ル/ラル」전용시대가 되었고,

　　使役助動詞의 경우, 남성어에는 「シム」(尊敬의 意味도 나타
　　낸다), 여성어에는 「ス/サス」가 사용되었다.

　　否定推量의 조동사에는 「マジ/マジウ/マジカリ」가 사용되고,
　　希望의 조동사에는 「マホシ」「マホシカリ」가 사용되었다.

(5) 경어표현이 잘 발달했다.

　　존경을 나타내는 接頭辞에 「オホン, オン, オ, ゴ, ミ」가 있었고,
　　존경의 조동사에는 「ル/ラル/ス/サス」가 사용되었다.

2-3 중세

(1) 동사 활용형의 경우

　1) 연체형 종지법(용언이나 조동사의 連体形이 문말에 사용되어, 여
　　　정이나 영탄을 나타내는 표현법)이 일반화되었다.

　2) ラ変動詞「有る」가 四段化로 활용하게 되었다.

　　　이것은 연체형 종지법에 의해 連体形과 終止形이 같아졌기
　　　때문이다.

3) 二段活用이 一段化로의 움직임이 보인다.

起くる→起きる,　　越ゆる→越える

▶ 동사는 이 시대에 크게 변화해, 日本語史가 古代와 이별하고, 近代語的性格으로의 과도적인 특징을 나타냈다.

(2) 형용사 활용형의 경우, シク活用의 소멸로 인해 ク活用만이 된다. 이것은 연체형 어미キ와 シキ의 [k]음 탈락으로 인해, イ와 シイ 형태가 생겨, 그것이 終止形에 사용되게 되었다. 그 때문에 ク活用과 シク活用의 구별이 없어지게 되어, ク—イ—イ—ケレ로 활용하는 한 종류가 되었다.

(3) 조동사의 복합형은 음이 변화해서 신형을 만들었다.

サ変セ+使役サスル → サスル

サ変セ+ラルル → サルル

打タレテ → 打テ

死ナレタ → 死ネタ

추량의 조동사「ム」는 mu가 m → n과 u로 나뉘어 변화해,「ウ」라는 조동사가 생기고, 이윽고 장음이 되고(読もう), 上二段·上一段에 붙은「ウ」는「ヨウ」를 파생하는 계기를 만들었다.

miu(見う) → miô(見よう)

iu(射う) → iyô(射よう)

　부정과거의 조동사는 ザッタ에서 ナンダ로 변하고, 부정의 ヌ가 関東에서 ナイ가 사용되었으며, 中止法ナイデ와 イデ는 文語的으로 사용되었다.

　부정추량의 조동사 マジイ는 マイ가 되었다.

　희망의 조동사 マホシ는 タシ(主体希望)와 タガル(客体希望)로 변해, ミットモナイ는 조동사タイ의 복합에 의한 連語 ミタクモナイ에서 발생했다.

　과거의 조동사는 タリ→タル→タルル로 변했다.

　비유의 조동사 如ゴトシ는 如ゴトク에 한해, 様ヨウナ를 대신하였다.

(4) 방향지시를 나타내는 조사는 京都가 ヘ, 九州가 ニ, 関東이 サ이었다. カラ는 출발점을, ヨリ는 비교의 의미를 나타내는 경향이 강했다. 접속조사에는 ザ, ナラ, タラ, カラ, アイダ, サカイニ, ケレドモ등이 사용되고, 종조사에는 ノ, ナ, ナウ, ワイ등을 사용했다.

(5) 言う의 경어는 仰セラルル → オセラル → オシラル → オシャル가 되고, 侍ハベリ는, 御座ゴザル, 御入オリヤル, 御出オジャル로

변했다.

丁寧語 候^{サフラ}フ는 サウ→ソウ→ス로 변해, ス는 デ와 합쳐 「デス」가 된다. 謙讓語 参^{マヰ}ラス에서 나온 マヰス, マラスル 는 丁寧語로서 사용되어, 現代語 「マス」성립의 조건이 되었다.

2-4 근세

(1) ナ変動詞 「死ぬ」가 四段化로 활용하게 되었다.

이것은 연체형 종지법에 의해 連体形과 終止形이 같아졌기 때문 이다.

(2) 上二段, 下二段動詞가 上一段, 下一段活用으로 완성된다.

「起き, 起き, 起く, 起くる, 起くれ, 起きよ」로 活用하던 것이 「起き, 起き, 起きる, 起きる, 起きれ, 起きよ」로 된 것은 3가지 이유가 있다.

1) 連用形의 사용빈도가 높아졌기 때문으로, 未然形과 連用形을 가지는 音으로 통일되었다. 즉, 「く」에서 「き」로 변화한 이유는 우세한 부분으로의 유추작용에 의한 것이다.

2) 어간을 保持하기 위해서

3) 기억의 부담을 없애기 위해서(記憶의 経済性)

이러한 현상은 上一段化가 좀 더 빠르고, 음절수가 적은 語부터

一段化 되었다.

(3) 下一段(クエル)가 四段(蹴る)으로 활용하게 되었다.

(4) 已然形이 仮定形으로 바뀌었다.
이것은 접속조사의 진출에 따라 已然形을 사용하지 않고, ホド
ニ・サカイデ(ニ)・カラ・ノデ를 사용하는 접속표현이 증가했
기 때문이다.

(5) 형용사의 ウ音便은 짧아졌다.
悲^{カナ}シウテ → カナシュテ

(6) 형용동사의 タリ活用은 없어지고 ナリ活用만이 남는다.

(7) 폐쇄계급사회를 반영해, 인칭대명사에 현저한 특징이 있다.
표준어 ワタクシ가, 여성어로서 ワタシ・ワシ・ワシラ・ワタイ
등이 사용되고, 遊女들은 ワッチ・ワチキ등이 사용되었다.
이밖에도 자칭대명사에는 オレ・オラ・オイラ・コチト・コチト
ラ・ミドモ등이 널리 사용되었다.

(8) 조동사의 변화
ルル/ラルル(受動·可能·自発) → レル/ラレル

スル/サスル(使役·尊敬) → セル/サセル

セラルル/サセラルル(尊敬) → シラルル/サシラルル

終止形에 붙는 伝聞推定에는, ゲナ/サウナ/ソウナ/ソウダ

否定推量에는 マイ/メエ,   希望에는 タイ/トウ

希求의 補助動詞에는 テホシイ/テモライタイ가 사용되었다.

(9) 격조사 デ에는 場所와 方法외에 原因과 理由의 용법이 발생했다.

접속조사는 ト·トモ·ユエ·ノデ·ノニ·テモ등 종류가 많고,

ドモ를 대신하여 ケレドモ → ケレド → ケド가 사용되었다.

副助詞는 ダケ·ギリ·ホカ·シカ·ホド·ヨリ·クライ·

グライ·デモ등이 있고, バカリ → バッカリ → バッカシ,

ナリト → ナット → ナトの 各形이 사용되었다.

(10) 경어표현의 特異性도 近世語의 특징 중의 하나이다.

接頭辞オ/ゴ가 특히 증가하고, オ는 形容詞·副詞·形容動詞·

数詞에도 붙었다.

オ早ハヤウ, オ先サキへ, オ静シズカニ, オ一方ヒトカタ

接尾辞도 많아졌다.

御ゴ, 殿ドノ, ドン, 様サマ, 達タチ, 衆シュウ, ドモ, ラ

2-5 근·현대

(1) 四段活用이 五段活用이 되었다.

　　四段이 五段化된 이유는, 歷史的仮名づかい에서「書かう」로
　　表記하는 未然의 한가지 용법이 現代仮名遣い에서「書こう」로
　　표기된 결과, 五十音図의 ア·イ· ウ·エ·オ 五段에 걸쳐
　　활용한다는 의미에서 생겼다. 즉, う形이 생겼으므로
　　書かむ → 書かう → 書こう

(2) 五段, 上一段, 下一段, サ変, カ変의 5종류가 되었다.

(3) 가능의 조동사가 가능동사로 바뀌었고, 詞的使用表現法을 사용
　　하게 된다.
　　登ノボラレル → 登ノボレル, 登ノボルコトガデキル

(4) 형용동사의 終止形末尾가 ナ에서 ダ로 안정된다.
　　迷惑メイワクナ → 迷惑メイワクダ

(5) 推量·伝聞의 조동사 ゲナ가 쇠퇴하고, ソウダ/ラシイ/ヨウダ
　　가 대두되었다.

(6) 번역조의 영향에 의한 것이 많다.

　　関係代名詞표현 : ～シタトコロノ～

　　進行형 : ～シツツアル

　　比較표현 : ～ヨリ以上に

　　無生物의 受動·使役표현 : 人に愛される本

　　　　　　　　　　　　　ニュースは日本人を驚かせた

　　인칭대명사에 新語가 등장: 彼等カレラ, 彼女カノジョ

(7) ことばの 短縮化・長大化가 일어난다.

　1) 新助詞

　　係助詞 : カテ, トイッタラ, ニスレバ

　　副助詞 : ナンテ, ドコロカ, ニカギッテ

　　格助詞 : ニツケ, ニシテ, ヲモッテ

　　接続助詞 : ヤイナヤ, ガハヤイカ, カトオモウト

　　終助詞 : 疑問カモ(シレナイ), 思案カナ, 催促ッテバ

　2) 新助動詞

　　存在態 : テル, トル

　　移動態 : テイク, テクル

　　完了態 : テシマウ, チャウ

　　準備態 : テオク, トク, テミル

　　判断 : ニチガイナイ

消極認定 : ニコシタコトハナイ

受給態 : テヤル, テモラウ, テクレル

(8) 가능동사의 확대용법

お待ち帰り<u>いただけ</u>ます。

(9) 능동표현의 증가

拍車が掛りそうだ。 → 拍車を掛けることは必至だ。

(10) 의성어적인 표현을 좋아한다.

無くなる → パアになる, 安心する → ホットする

(11) 절충어와 略語가 만들어진다.

ポート+ユートピア → ポートピア

おろか+おかしい → おろかしい

テレ寝: テレビを見ながら寝る.

アル中^{ちゅう}: アルコール中毒

猪+豚 → イノブタ

2-6. 현대일본어에 기여한 문법사의 중요사항

文法史에 있어서 室町時代를 경계로, 古代語와 近代語로 나뉘어지는 커다란 요인은 다음 3가지이다.

(1) 「係り結び」의 붕괴 : 院政期부터 보이지만 현저한 것은 鎌倉時代이후이다.

(2) 連体形終止의 一般化

(3) 二段活用의 一段化

連体形이 終止形과 동일해진 결과 一段化하게 되었으며, 그 결과 동사활용의 종류는 다음과 같이 된다.

四段・ラ変・ナ変・下一段　　→ 五段

上一段・上二段　　　　　　　→ 上一段

下二段　　　　　　　　　　　→ 下一段

カ変　　　　　　　　　　　　→ カ変

サ変(す)　　　　　　　　　　→ サ変

3. 문자 · 표기의 변천

3-1 상대

(1) 전래된 漢字가 일본인의 손에 의해 소화된다.

(2) 和語가 万葉仮名로 표기되었다.
　　万葉仮名는, 漢字의 音訓을 빌어 일본어의 발음을 묘사한 문자로,
　　『万葉集』에서 그 예가 많아 万葉仮名가 되었다.

　　　　也末(山)　　　　　八間跡(大和)　　　　　夏樫(懐かし)

3-2 중고

(1) 訓読을 위한 기호로서 片仮名가 발명되었다.
　　이것은 万葉仮名의 字画을 생략한 것이다.

　　　阿 → ア, 加 → カ, 散 → サ, 多 → タ, 奈 → ナ

(2) 平仮名가 발명되었다. 이것은 万葉仮名를 草書体해서 만들어진
　　것으로, 특히 여성들 사이에서 和歌나 편지의 문자로서 사용되었다.

　　　安 → あ, 加 → か, 左 → さ, 太 → た, 奈 → な

(3) 漢文訓読系語와 和文系語의 대립이 있었다.

頭^{カウベ} – カシラ, 甚^{ハナハダ}シ – イミジ,
厳^{オゴソ}カ – イカメシ, 諾^{ウベナ}フ – ウケヒク,
頻^{シキリ}ニ – シバシバ, 益々^{マスマス} – イトド

▶ 漢文訓読体가 일본어에 끼친 영향

漢文訓読体에 의해 본래 일본어에는 없었던 용법이 많이 발생했다. 예를 들면,「きわめて」「はたして」등의 부사는「極〜而〜」「果〜而〜」등과 같이 漢文을 訓読하는 것에 의해 발생한 것이다.

또 현재의 漢字仮名交じり文은 漢文訓読으로 인해 성립한 표기법이다. 그리고 漢文訓読은 口語와 文語와의 분화를 촉진시켰다. 현재도 文語調 또는 딱딱한 表現은 漢文訓読에 유래하는 것이 많다. 그밖에도, 漢文訓読은 일본어에 커다란 영향을 주고 있고, 특히 知的인 표현에 현저하다. 副詞・接続詞가 등장함으로써, 知的(理論的思考)을 나타내는 문장표기가 가능해 졌다. 受動・使役形도 이론적관계를 나타내는 것이니까 漢文訓読体의 영향으로 발달했다고 한다.

3-3 중세

(1) 仮名遣い의 혼란(ヰ/ヱ/ヲ와 イ/エ/オ)
발음의 변화로 音과 文字의 대응에 차이가 현저해, 仮名遣い가

혼란해 졌다. 그 다양한 상태를 정리해서 규범을 정한 것이 藤原
定家와 行阿이다.

(2) 漢字의 보급에 따라 宛字·熟字訓이 증가한다.
六借^{ムツカシ},　　浅猿^{アサマシ}

(3) 기독교전래에 의한 로마자의 유입이 있었다.
그리스도교의 선교사들이 로마자로 일본어를 표기한다.

3-4 근세

(1) 契沖이 「定家仮名づかい」의 잘못을 바로잡기 위해 「契沖仮名
づかい」를 정했다. 이것은 「歴史的仮名づかい」라고도 불리운다.

(2) 한자중시의 경향이 강해, 俗字도 다용된다.

(3) 蘭学者들의 손에 의해, 로마자로 일본어를 표기하는 것이 행해
졌다.

3-5 근 · 현대

(1) 漢字制限, 로마字化, 仮名づかい등 国語·国字의 문제가 많이
제기된다.

(2) 当用漢字1850字와 現代かなづかい가 공포되었다. (1946年)

(3) 当用漢字字体表가 공포되었다. (1949年)

(4) 로마字철자법이 공포되었다. (1954年)

(5) 「送り仮名」의 붙임법이 공포되었다. (1959年, 1973년에 改訂)

(6) 常用漢字1945字가 공포되었다. (1981年)

(7) 국제교류와 시청각세계의 확대에 의해, 국민은 バイリンガル
    (二重言語)가 요구되어, 原語, 片仮名言葉、略語、風俗語가
    교차하는 사회속으로 출현・확산되어간다.

    ファッション, ハイテク, パソコン, カラオケ、
    GNP(国民総生産), ODA(政府開発援助)

3-6 문자변화의 사례

(1) 和語에서 漢語로
    ひのこと → 火事(カジ)
    こころのほか → 心外(シンガイ)

おほね → 大根(ダイコン)

かへりごと → 返事(ヘンジ)

はらだつ → 立腹(リップク)

おはします → 御座る(ゴザル)

ものさはがし → 物騒(ブッソウ)

こころくばり → 心配(シンパイ)

(2) 呉音에서 漢音으로

変化 : ヘンゲ → ヘンカ

女性 : ニョショウ → ジョセイ

人民 : ニンミン → ジンミン

発言 : ハツゴン → ハツゲン

利益 : リヤク → リエキ

言語 : ゴンゴ → ゲンゴ

決定 : ケツジョウ → ケッテイ

3-7 역사적인 관점에서 본 일본어의「書き言葉」성립

(1) 奈良時代에는 万葉集나 古事記등에서 볼 수 있듯이「書き言葉」
　　가「話し言葉」의 형태대로 표기되었다. 그러나 公文書는 漢文이
　　었다.

(2) 平安時代末期頃부터「話し言葉」와「書き言葉」의 差異가 현저
해져, 和文体, 漢文体, 変体漢文, 和漢混淆文등 다양한 문체가
존재한다. 和文体로서의 物語는 口語의 형태로 표기되었지만, 후
세의 物語의 견본이 되어「書き言葉」로 변해 갔다. 和漢混淆文
은 漢文訓読体를 기초로 和文体를 도입한 것으로 戦記物(平家
物語)가 대표적이다.

(3) 明治時代에는「書き言葉」와「話し言葉」를 일치시키려고 하는
言文一致운동이 일어나, 口語를 base로 漢文訓読体나 和漢混
淆文등을 도입한「書き言葉」(漢字仮名交じり文)가 성립했다.
이것이 現代書き言葉의 모체이다.
최근에는「である」「だ」「です」「ます」의 口語体에 국한되지
않고,「なのだ」「(行く)んだ」「(そういう)わけだ」등의「話し
言葉」가「書き言葉」의 文体에도 발생하고 있다.

4. 어휘사

4-1 어휘사연구

語彙史는 音韻史・文法史에 비해 연구가 늦게 시작되었고, 체계화가 곤란해서 그 기술이 가장 뒤져 있는 분야이다.

上村(1979)에 의하면,「語彙体系는 과거에 있어서 그 언어를 이야기한 집단이 가지고 있던 문화를 반영하지 않을 수 없다」고 해, 語彙史를 더듬는 것은 인간이 걸어온 길을 더듬는 것이 된다. 그런 의미에서, 語彙의 歷史는 인간의 역사가 되는 것이며, 語彙史를 기술하는 의미도 또한 큰 것이다.

語彙史研究를 진행함에 있어서 가장 큰 문제는 연구대상인 어휘의 총체를 파악하기가 어렵다는 것이다. 宮島(1971)의『古典対照語彙表』를 참고해『源氏物語』와『大鏡』의 어종별 통계를 살펴보면,『大鏡』속에서 漢字가 차지하는 비율은 異なり語数에서『源氏物語』의 약3배이고, 延べ語数에서는 약4.5배였다고 한다. 이는『大鏡』가 漢語의 사용이 많은데 비해,『源氏物語』는『大鏡』에 비해 和語의 사용이 많다고 할 수 있다.

(1) 上代

古代에는 한반도와 중국대륙이 일본과 거리상 가깝다는 지리적 환경에서, 불교나 한자를 비롯해 조선과 中国으로 부터 질 높은 문화의

유입과 함께 漢語가 들어왔다. 万葉集에는 「餓鬼・布施・檀越」등
의 불교어가 사용되고 있고, 「過所^{かそ・かしょ}」라는 율령제도의 語가 사
용되고 있다.

(2) 中古, 中世

　平安時代의 『源氏物語』 『大鏡』에 공통적으로 사용되고 있는 漢
語名詞중, 사용빈도가 높은 漢語는 「僧都, 法師, 尼, 宿世」등 불교관
계의 語와, 「太政大臣, 大納言, 女房, 侍徒」등의 관직관계의 語가
반수를 차지한다.

　그러나, 漢語는 「具す, 御覧ず, 気色だつ, 労たし, 怠怠し, 優なり,
希有なり, 頓に」등 事柄과 연결되지 않는 動詞・形容詞・形容動
詞・副詞도 많이 들어 왔다는 점이 16世紀以後부터 들어온 외래어와
다른 점이다.

(3) 近世以後

　幕末・明治期에는 유럽문명의 수용에 漢語로 대응했다. 이미 사용
되고 있던 漢語의 의미에 가까운 것을 대응시킨 「自由・知識・文学」
등과, 새롭게 造語해서 대응시킨 「社会・権利・神経・電信機」등
이 그러하다.

　제2차 세계대전이후에는 주로 미국에서 대량의 문물이 유입되었는
데, 외래어로서 片仮名로 받아들였다. 이처럼, 일본어역사 속에서 非
固有語의 증가는 현저한 특징이지만, 非固有語는 일본어어휘 속에서
중심적인 위치를 차지하는 것은 아니었다. 그러나 漢語중에는 일본어

속에 깊이 침투해 있는 語「晩, 喧嘩, 綺麗, 隨分」등이 있는 것은 주목된다.

　결국, 예전에는 중국, 요즈음은 서양과의 문화적 접촉을 가질 수밖에 없었던 日本에 있어서 이질적인 문화와의 対立・受容・融合은 피할 수 없었던 것이었지만, 日本語도 같은 맥락에서 생각되어 진다.

4-2 역사적인 관점에서 본 외래어영향

(1) 上代・中古

　외래어는 원래 외국어인데 일본어로서 정착한 것이다.

　이 시대에는 중국어(漢語),朝鮮語,Ainu語등이 있지만, 매우 오래된 것은 和語(日本語)의 구별이 되지 않는다. 이중에서 漢字의 字音을 이용해서 전해진 語를 漢語라고 하는데, 漢語의 대다수는 중국어에도 존재하지만, 중국어에 존재하지 않는 것도 있다. 예를 들면 和製漢語「かへりごと → 返事」「ひのこと → 火事」「みもの → 見物」등 이다. 또 梵語의 중국어역(漢訳)도 漢語속에 포함시킨다. 漢語는 보통「外来語」속에 포함시키지 않는다. 단지 현대중국어는 外来語로 간주하고 있다.

(2) 中世

　포르투칼語(기독교관계의 語가 많다), 스페인語(メリヤス)등이 차용되었다.

(3) 近世以後부터 現在까지

네덜란드語는 蘭学의 융성과 함께 医学・薬学의 語가 많다.

프랑스語는 芸術・料理・服飾등의 語가 많다.

독일語는 医学・哲学関係의 語가 많다.

이밖에도, 러시아語・이탈리아語(音楽関係)・英語등이 있지만, 현재는 영어의 借用이 가장 많다. 또 和製英語(ガソリンスタンド, アイスクリム)나 和語와의 混種語(ドライブする,ジョギングする)가 생겨난다.

5. 언어변화와 그 요인

그러면 言語는 왜 변천하는가에 대해서, 日本語史上의 구체적인 예에 근거해 생각해보기로 하자.

言語는 보다 효율높은 전달을 가능하게 하는 형식을 추구하려는 경향이 있다. 이를 반영하듯 세계 어느 나라 언어를 막론하고, 言語는 지금까지 변화되어 왔고, 앞으로도 계속해서 변화해 갈 것이다. 언어변화요인으로는 우선 言語내적요인과 언어외적요인(社會的要因)으로 크게 나뉘어 진다. 전자는 言語의 내적구조에 변화의 요인이 있다고 생각하는 것이고, 후자는 人間의 心理와 외국어를 移入해 借用하려는데 그 요인이 있다고 생각하는 것이다.

日本語도 예외는 아니어서, 오랜 세월동안의 변화와 변천과정을 거쳐 지금의 현대일본어에 이르게 된 것이다. 그러면, 왜 이러한 언어변화현상이 발생하는 것인지, 일본어를 중심으로 그 요인을 생각해 보기로 하자.

(1) 努力의 輕減化
　1) 文字의 경우
　　書記努力의 경감화를 꾀하려고 하는 심리적인 요인이 강해, 문자를 간단하게 하려는 욕구가 있다.
　　単純化 : 「安 → あ, 以 → い」
　　省　略 : 「伊 → イ, 呂 → ロ」

省　画 :「圧 → 圧, 声 → 声」

簡略化 :「伝 → 伝, 当 → 当」

2) 音韻의 경우

발음을 간단하게 하려는 무의식적인 욕구가 작용한다.

① 世代交代에 의해서 언어변화가 진행한다.

　　a. ハ行子音의 변화 : p → ɸ → h

　　b. 合拗音의 直音化

　　　kwa. kwi. kwo → ka. ki. ko

　　c. 両唇音w의 退化

　　　ワ行의 wi→i. we→e. wo→o

　　d. 입술의 弱化에 의한 것

　　　助動詞「む」의 mu → N → u의 変化

② 기능효율의 低減에 의해서 언어변화가 진행한다.

③ 발음노력의 軽減에 의해서 同化현상이 일어난다.

　　a. 因縁 インエン→インネン : 連声

　　b. クロ(黒)+カネ(金)→クロガネ(鉄) : 連濁

　　c. ハ行転呼音 [ɸ] → [β] → [w]

3) 語彙의 경우

음절이 긴 경우, 간단히 하려는 욕구가 작용한다.

経団連(経済団体連合会), CM(commercial message)와 같이

語形의 一部를 생략하는 略語가 많다.

(2) 類推

　유추란 어떤 語形을 다른 우세하고, 사용빈도가 높고, 종류가 많은 語形에 닮도록 변화시키는 현상을 말한다.

　　1) 和語의 어구성

　　　「サボる」「四角い, ナウい」「当然だ, ハッピーだ」

　　2) 活用種類의 통합

　　　ラ変・ナ変 → 4段活用

　　　上二段・下二段 → 上一段・下一段

　　3) 接頭語「お」가 외래어에 붙는다.

　　　「おビール」「おソース」

　　4) 文字에서의 유추

　　　「ケワイ → ケハイ」

(3) 借用

　語彙에 있어서는 중국어에서 漢語를, 서양어에서 外来語를 借用했고, 外来音이 채용되어 日本語의 음운체계에 영향을 준다.

(4) 明晰化

　언어표현을 논리화해, 명석화하려는 욕구가 있다.

　　1) 鎌倉以後「しかれば」「あるいは」「ただし」등의 접속어증가

　　2) 현재추량의「うむ」→「～ているのだろう」

　　3)「同音衝突」이나「類音回避」로 의미의 명석화

　　4) 格助詞의 성립

  5) 助詞·助動詞의 발달

(5) 表現效果低下

어감이 좋은 語를 使用하려는 경향

「便所 → 手洗い → 化粧室」

(6) 体系調整

어떤 언어변화가 일어난 결과, 그 언어체계에 새로운 균형을 추구한 것

「洋服」「洋式」→「和服」「和式」

《参考文献》

浅野敏彦. 1992「日本語の歴史」『日本語学を学ぶ人のために』世界思想社

大野 晋. 1987『文法と語彙』岩波書店

沖森卓也編. 1989『日本語史』桜楓社

亀井 考編. 1963『日本語の歴史』平凡社

国語学会(編). 1980『国語学大辞典』東京堂出版

小林芳規. 1977「表記法の変遷」『現代作文講座6 文字と表記』明治書院

小松寿雄. 1985『江戸時代の国語』(国語学叢書7)　東京堂出版

佐藤喜代治. 1969「中世の国語」『講座日本文学6』三省堂

佐藤喜代治. 1971『国語史』桜楓社

進藤咲子. 1981『明治時代語の研究』明治書院

杉本つとむ. 1965『近代日本語』紀伊国屋書店

竹内美智子. 1986『平安時代和文の研究』明治書院

田中章夫. 1983『東京語ーその成立と展開ー』明治書院

築島 裕. 1974「鎌倉時代の言語体系について」『国語と国文学』51-4

築島 裕. 1987『平安時代の国語』(国語学叢書3)　東京堂出版

土井忠生編. 1957『日本語の歴史』至文堂

日本語教育学会編. 2005『新版日本語教育事典』大修館書店

沼本克明. 1986『日本漢字音の歴史』東京堂出版

服部四郎. 1976「上代日本語の母音体系と母音調和」『言語』5-6

飛多良文編. 2007『日本語学研究事典』明治書院

松村 明. 1972『国語史概説』秀英出版

松村 明. 1977『近代の国語ー江戸から近代へー』桜楓社

馬淵和夫. 1968『上代のことば』至文堂

馬淵和夫. 1971 『国語音韻論』 笠間書院

森田　武. 1985 『室町時代語論攷』 三省堂

安本実典等. 1987 『日本語の誕生』 大修館書店

柳田征司. 1985 『室町時代の国語』(国語学叢書5)　東京堂出版

山田忠雄. 1981 『近代国語辞書の歩み』 三省堂

山田俊雄. 1972 「近代・現代の文字」『講座国語史2』 大修館書店

吉田金彦. 1989 「日本語史」『日本語概説』 桜楓社

저자 임헌찬(林憲燦)

日本 히로시마大学 大学院 日本語教育学専攻 교육학석사(1993)

日本 히로시마大学 大学院 日本語教育学専攻 교육학박사(1996)

日本 히로시마大学 객원연구원교수(2004. 8~2005. 7)

現在 仁済大学校 日語日文学科 副教授

주요저서

『일한양어에 있어서의 수동문연구』修士論文(1993)

『일한양어의 VOICE의 범주에 관한 대조연구』博士論文(1996)

『MY JAPANESE』(共著) 일본어뱅크사(1999)

『Campus基礎日本語文法』不二文化社(1999)

『日本語学概論』不二文化社(1999)

『礎石日本語文法』 책사랑(2001)

『365生活日本語』(共著) 제이앤씨(2002)

『続365生活日本語』(共著) 제이앤씨(2002)

「受動」『日本語文法Ⅰ』(共著) 보고사(2003)

『Theme日本語作文』進永文化社(2003)

『日本語表現方法』보고사(2003)

『日本語重要構文』進永文化社(2003)

『日韓両言語における受動文と使役文』제이앤씨(2004)

『표현문형과 테마로 익히는 日本語作文』제이앤씨(2005)

『Asahi日本語文法』제이앤씨(2007)

『新しい生活日本語』(共著) 제이앤씨(2007)

새로운 일본어학의 세계

초판인쇄 2008년 2월 27일 | 초판발행 2008년 3월 5일
저자 임헌찬 | 발행 제이앤씨 | 등록 제7-220호

132-040
서울시 도봉구 창동 624-1 현대홈시티 102-1206
TEL (02)992-3253 | FAX (02)991-1285
e-mail, jncbook@hanmail.net | URL http://www.jncbook.co.kr

ISBN 978-89-5668-584-7 93830 | 정가 13,000원